ヴァンパイアのキス 1

転校生は吸血鬼

エレン・シュライバー／著
髙橋 結花／訳
カズアキ／イラスト

VAMPIRE KISSES #1

装丁：森本　茜（HONA GRAPHICS）

ヴァンパイア・キス 1

転校生は吸血鬼

おもな登場人物

VAMPIRE KISSES 1

レイヴン・マディソン

黒いマニキュア、黒いミリタリーブーツに黒ずくめのゴシック系ファッションが大好きな16歳。いなか町で少々浮いた存在だが、まったくめげていない。

アレクサンダー・スターリング

丘の上の幽《ゆう》霊《れい》屋敷《やしき》に引《ひ》っ越《こ》してきた少年。昼間はほとんど外出せず、いつも黒ずくめのファッションに身をかためている。

ビリー

レイヴンの弟。11歳。姉から「オタクボーイ」と呼ばれている。

ベッキー・ミラー

レイヴンの唯一《ゆいいつ》の友達。薄《うす》い茶色の髪《かみ》と瞳《ひとみ》で、おどおどしている。

マット・ウェルズ

トレヴァーの子分のような存在のサッカー部員。

ジェームソン

スターリング家の執事《しつじ》。

トレヴァー・ミッチェル

大地主の息子でサッカー部員、自己中心的な性格。

ポール・マディソン

レイヴンの父。かつてヒッピーだった。いまはテニスを愛するふつうの勤め人。

サラ・マディソン

レイヴンの母。元ヒッピー。娘にはふつうの女の子らしい服装をしてほしいと思っている。

ジャニス・アームストロング

旅行会社〈アームストロング・トラベル〉のオーナー。レイヴンをアルバイトに雇う。

ルビー

旅行会社〈アームストロング・トラベル〉で働く美女。ファッションは全身白。

CONTENTS
VAMPIRE KISSES 1

1 小さなモンスター 8
2 ダルスヴィル《たいくつ町》 16
3 モンスター・シックスティーン 23
4 真実をめぐる冒険《ぼうけん》 32
5 窓の明かり 44
6 大公開 64
7 最高のハロウィーン 70
8 トラブル大好き 86
9 地獄《じごく》みたいな日々 92
10 ワーキング・ゴール《働く邪鬼》 105
11 不可能なミッション 116

12 バイト終了 121
13 彼に夢中 131
14 壮《そう》絶《ぜつ》な鬼ごっこ 149
15 ゴシック館《やかた》へ 159
16 恋する心は明と暗《チョコマーブル》 190
17 夢のデート 201
18 映画狂《きょう》 214
19 スノーボール・ダンスパーティー 226
20 ゲームオーバー 259
21 闇《やみ》と光 273
22 越《こ》えられない一線 300

1 小さなモンスター

あたしが自分を「変わってる」と自覚したのは、5歳《さい》のときだった。

幼稚園《ようちえん》でお絵かき帳に1枚の絵を仕上げた直後のことだ。クラスメートとあたしは絵本コーナーの床《ゆか》に半円形にならんですわっていた。

「ブラッドリー、大きくなったら何になりたい？」

いろんな質問をした最後に、100歳くらいに見えるミセスしかめっ面《つら》はたずねた。

「消防士！」ブラッドリーが叫《さけ》んだ。

「シンディは？」

「えーと……看護師さん……」シンディ・ウォーレンは消え入りそうな声で答えた。

ミセスしかめっ面はほかの子たちにも同じことを聞いていく。おまわりさん、宇宙飛行士、フットボールの選手。いよいよあたしの番がきた。

「レイヴン、あなたは大きくなったら何になりたい？」

先生のみどり色の瞳《ひとみ》がじっとこちらを見つめてる。

あたしはだまってた。

「女優？」

首を横に振《ふ》る。

「お医者さん？」

「ううん」

「スチュワーデス？」

「オエッ！」思わず言った。

「だったら何？」先生の口調がイラッとしてきた。

あたしは一瞬《いっしゅん》おいて答えた。「なりたいのは……」

「何かしら？」

「なりたいのは……ヴァンパイア！」

あたしが叫ぶと先生も子どもたちもぎょっとしたみたい。でも先生はすぐに笑いだした気がする――いや、たぶん本当に先生は笑った。隣《となり》にすわってた子が3センチ離《はな》れた。

あたしは子ども時代のほとんどを、3センチ離れたところから他人を観察してすごした。


あたしが生まれる前のパパとママは70年代を引きずる親友だった。女の子のファッションは、ビーズのアクセサリーにホルターネックのトップス、カットオフ・ジーンズにはだしできまり。イチャつく相手は長髪《ちょうはつ》に不精《ぶしょう》ヒゲ、エルトン・ジョン風のめがねをかけた男の子だ。彼らのユニフォームは、革のベストにベルボトムのジーンズ、サンダルだった。あたしの個性がいま程度のキョーレツさでおさまって、両親はラッキーだったと思う。髪《かみ》にビーズを飾《かざ》ったヒッピーにあこがれて、自分をオオカミ人間だと思いこんでてもおかしくなかったもの！　しかしどういうわけか、あたしがハマったのはヴァンパイアだった。

あたしがこの世に生まれると、ママとパパはそれまで暮らしてたフォルクスワーゲンを売り、家を借りた。部屋にはヒッピーらしく蛍光色《けいこうしょく》の花の3D《スリーディー》ポスターが飾られた。オレンジ色のチューブの中をカラー粘土《ねんど》の玉みたいのがひとりでに上下するラバランプは、いくらながめていても飽《あ》きなかった。最高の時代だった。家族3人で笑いあってボードゲームをしたり、お菓子《かし》を口で取りっこしてふざけた。夜ふかしして ドラキュラ映画を見た。真夜中、毛布の下でママの大きくなっていくおなかをなでていれば、何も怖《こわ》くなかった。

すべてが変わってしまったのは、ママが彼を産んでからだ――ダサダサの弟、オタクボーイ！　なんでそんなことに？　なんでママは楽しい夜を台なしにするようなマネをしたの？　ママは夜ふかしをやめた。両親が〈ビリー〉と呼ぶそれは、夜どおしグズった。あたしは突然《とつぜん》、ひとりぼっちになった。ママが眠《ねむ》り、オタクボーイが泣き叫び、パパが暗《くら》闇《やみ》でくさいオムツを取《と》り替《か》えているあいだ、ドラキュラが――テレビのドラキュラが――つきあってくれた。

そんなしうちだけでは足りなかったのか、パパとママは急にあたしをうちではない場所に送りこんだ。フリルのドレスを着た女の子たちは、みんなデパートのカタログから抜けだしたみたい。男の子たちは細身のパンツに髪をきっちり整えている。ちっちゃな子どもたちがうじゃうじゃ。ママとパパはそこを〝幼稚園〟と呼んだ。

「みんなお友達になってくれるわ」

ママはそうはげました。あたしは命の危険を感じてピタッとひっついた。

でもママはバイバイと手を振り、投げキスをして立ち去った。見るからに上品なミセスしかめっ面の隣にポツンと取り残される気分は、このうえなく孤独《こどく》だった。あたしは弟をおぶって歩き去るママの後ろ姿を見送った。

初日はどうにか切りぬけた。黒い紙を切って黒い台紙にはって黒一色のちぎり絵を作った。バービー人形のくちびるを指で黒く塗《ぬ》った。アシスタントの先生におばけの話を聞かせた。そのあいだ、カタログっ子たちはまわりをかけまわっていた。まるで親せき一同でピクニックにやってきたいとこ同士だ。うんざり。ママがようやく迎《むか》えに来てくれたときには、オタクボーイさえかわいく見えた。

その夜、あたしはテレビ画面にくちびるを押しつけていた。『吸血鬼《きゅうけつき》ドラキュラ』のクリストファー・リーとキスをかわすつもりだったのに。

「レイヴン！　こんな夜遅《おそ》くに何やってるの？　明日も幼稚園よ」

「えっ!?」あたしは食べかけのチェリーパイを床に落とした。気持ちも落っこちた。

「今日だけじゃないの？」パニックになりそう。

「レイヴンったら……。毎日にきまってるでしょ！」

毎日ですって!?　その言葉が頭の中でこだました。終身刑《しゅうしんけい》だなんて！

その夜のあたしのドラマティックな泣き声には、赤《あか》ん坊《ぼう》のオタクボーイもタジタジだった。あたしはひとりぼっちのベッドで、太陽がのぼらないことを祈《いの》った。

次の朝目がさめると、運悪く部屋はまぶしい太陽の光でいっぱいだった。モンスターが中にいるみたいに頭がガンガン痛んだ。

気持ちが通じる相手が、ひとりでいいからほしかった。そういうだれかのそばにいたかった。でも家でも幼稚園でも見つからなかった。家のラバランプはティファニー風のフロアランプに取って代わられた。暗闇で光るポスターは小花柄《こばながら》の壁紙の下に隠《かく》れた。画面に雨が降ってるみたいな白黒テレビは、25インチのカラーテレビにアップグレードされた。幼稚園であたしは『メリー・ポピンズ』の歌の代わりに、『エクソシスト』のテーマ曲を口笛で吹《ふ》いていた。

そして幼稚園時代もなかばにさしかかったころ、あたしはヴァンパイアになろうとした。きっちり整ったブロンド、真《ま》っ青《さお》な目のトレヴァー・ミッチェル。すべり台の順番を待っていたら前に割りこんできた彼《かれ》を、にらみつけて追っぱらって以来の天敵だった。自分を怖がらない子はあたしだけだから目の敵《かたき》にされたのだ。父親が大地主で、ほとんどみんな土地を借りていたから、先生も子どもたちもトレヴァーをちやほやしていた。トレヴァーは当時人を噛《か》むのが趣味《しゅみ》だったけど、あたしみたいにヴァンパイアを目指してたからじゃない。ただ意地が悪かっただけだ。彼はあたし以外の全員の肉をかじってた。そしてあたしはそれにムカついてた!

あたしたちは園庭のバスケットゴールの近くに立った。ひょろひょろの腕《うで》を血が出るくらいつねると、トレヴァーの顔が火をふきそうに真《ま》っ赤《か》になった。あたしはじっと敵の出方を待った。わざとニヤリと笑いかけると、トレヴァーの身体は怒りでふるえ、見開いた目に復讐心《ふくしゅうしん》が燃えた。そして待ちかまえていたあたしの腕に歯形をつけた。

でも、トレヴァーの歯形じゃヴァンパイアにはなれなかった。

ミセスしかめっ面はあたしの噛み傷に氷をあてて、壁の前にすわらせて休ませた。そのときすでにわがままトレヴァーのおしおきは終わってて、鼻水を垂《た》らして遊んでた。

「サンキュー」これ見よがしに投げキスをしてきた。

あたしは舌を出して、『ゴッドファーザー』でマフィアが使ってた悪態をついた。そして、ミセスしかめっ面に、ただちに教室の中へ退場させられた。子ども時代の休み時間はしょっちゅう教室の中へ引っこめられていた。

みんなが休むときに休めない。それがあたしのさだめとなった。

2 ダルスヴィル《たいくつ町》

あたしの町の入り口には、役所がこんな看板を立てている――≪ようこそ、ダルスヴィルへ！　ほら穴よりは広いが、閉所恐怖症《へいしょきょうふしょう》の発作《ほっさ》を起こすにはじゅうぶんのせまさ！≫（もちろん、後半はあたしが作ったんだけど）。

人口は８０００人。住民のルックスはみんな似たりよったりだ。天気は1年を通して完《かん》璧《ぺき》にサイテー――つまり快晴ってこと。見分けのつかない家が垣根《かきね》にかこまれ、畑がだらだらと広がる。それがダルスヴィルの町だ。

8時10分に貨物列車が通過する線路が、町を高級な土地とそうじゃない土地に二分している。ゴルフ場と、トウモロコシ畑。ゴルフカートのあるほうと、トラクターのあるほう。

町の広場には築１００年になる裁判所が建っている。そこに引っぱっていかれるほどのトラブルは起こしたことはない――まだ、いまのところは。ブティックに旅行代理店、コンピューター・ショップ、花屋、映画の二番館が広場を平和に取り巻いている。

うちの家が線路の上にあったらよかったのに。車輪がついてて町の外へ走っていけたら幸せだった。でも実際にうちがあるのはカントリークラブに近い高級住宅地。

ダルスヴィルの町でたった1カ所わくわくするスポットは、ベンソン・ヒルのてっぺんに建つ幽霊屋敷《ゆうれいやしき》だ。亡命してきた男爵《だんしゃく》夫人が、そこでひとりさびしく亡くなったという言い伝えがある。

あたしのたったひとりの友達は、農家の娘ベッキー・ミラーだ。あたしより友達が少なかったベッキーと、初めてちゃんと口をきいたのは、小学3年生のころだ。学校の階段でママが迎《むか》えにきてくれるのを待ってたときだった。当時、会社勤めに慣れようとがんばっていたあたしのママもいつも遅《おく》れてたから、すぐ彼女に気づいた。女の子がひとり、階段の下でしゃがみこんでいる。赤《あか》ん坊《ぼう》みたいにわんわん泣いている。ベッキーには友達がいなかった。とても内気で、線路の東側に住む農家の子はクラスに少ししかいなかったから。

ベッキーの席は、あたしのふたつ前だった。

「どうかしたの？」

かわいそうになって聞いてみた。

「母さんが私のこと、忘れちゃったみたい」

ベッキーはそうなげき、涙《なみだ》でぐしょぐしょの顔を両手でおおった。

「そんなことないよ」あたしはなぐさめた。

「こんなに遅くなったこと一度もないもん！」ベッキーが叫《さけ》ぶ。

「たぶん道が混んでるんだよ」

「そうかな？」

「絶対そう！　それかセールスの電話につかまってるのかもね」

「ほんと？」

「しょっちゅうだよ。それともおやつを買ってるのかもよ」

「母さん、そんなことするかな？」

「するって。子どもにはおやつが必要だもん。だから大丈夫《だいじょうぶ》。さっと来てくれる」

あたしの言ったとおり、まもなく1台の荷台つきの青い車がやってきた。ベッキーのママは遅れた言いわけをならべた。

「母さんが土曜日に遊びに来てって。あなたのお父さんとお母さんが許してくれたら」

ベッキーは走ってもどると言った。

うちに呼んでくれた友達は初めてだった。あたしはベッキーのように内気だったわけじゃない。ただふつうに友達がいなかっただけだ。寝坊《ねぼう》して遅刻《ちこく》ばかりしていたし、授業中にサングラスをかけ、自分の意見を持っていた。ダルスヴィルでは浮きまくった存在だったのだ。


ベッキーの家の裏庭は広大だった。身を隠《かく》してモンスターごっこをするのにもってこいだし、もぎたてのリンゴが食べ放題。ベッキーをたたいたり、仲間はずれにしたり、悪口を言ったりしなかったのは、クラスであたしだけだった。そんなことしようとする連中《れんちゅう》なんか蹴散《けち》らしてやった。3D《スリーディー》の影法師《かげぼうし》みたいに、いつもいっしょ。あたしは彼女《かのじょ》の親友でボディガードだった。それはいまも変わらない。

ベッキーと遊んでないときは、黒いリップやマニキュアを塗《ぬ》って、履《は》きつぶしたミリタリーブーツでずるずる歩いた。そして、アン・ライスの小説の世界にひたってた。

11歳《さい》のとき、ニューオーリンズへ家族旅行に出かけた。ママとパパはフラミンゴホテルのリバーボート・カジノでブラックジャックをするのを楽しみにしてた。オタクボーイの目的地は水族館。でもあたしは心にきめていた――絶対にアン・ライスの生家《せいか》と彼女が復元した古い街なみ、いま住んでいる屋敷をたずねる！

ついに聖地を訪れたあたしは、鉄の門の後ろにそびえ立つゴシック調の巨大屋敷を、うっとりながめた。

生まれて初めて、居場所を見つけた気がした。棺《ひつぎ》を土の中に埋《う》めたりせずに積みあげて堂々と見せる街。2色に染めたブロンドをツンツン立てた男子学生がいる。ファンキーな人たちがそこかしこにゴロゴロしてる。突然《とつぜん》1台のリムジンが角を曲がって現れた。あんなに真っ黒いリムジンは見たことがなかった。いかにもおかかえ運転手らしい帽子《ぼうし》でキメたドライバーがドアを開ける。歩みでたのは、なんとアン・ライス本人だった！

頭が真っ白になった。かたまってただじっと見つめてた。まるで時間が止まったみたいに。目の前にあたしの本物のアイドルがいる。あのアン・ライスが！

彼女は映画スターのように輝《かがや》いていた。肩先《かたさき》から流れおちる黒いロングヘアはツヤツヤ。しなやかでシルキーなロングスカート、ダークカラーのマントはヴァンパイアのイメージそのものだ。あまりの衝撃《しょうげき》に、あたしは言葉を失った。

感謝すべきことに、うちのママがあたしの代わりに声をかけてくれた。

「娘《むすめ》にサインをいただけませんか？」

「もちろん」

闇《やみ》の冒険《ぼうけん》女王はやさしい声で答えた。

あたしは彼女のもとへ向かった。太陽の熱でとろけるマシュマロにでもなったみたいに、足もとがおぼつかなかった。

アン・ライスはママがバッグの底から見つけてきた黄色のポストイットにサインしてくれた。そしてあたしの横に立ち、ほほえんで、腰《こし》に手をまわした。

ツーショット写真をOKしてくれたのだ！

あんなににっこり笑ったことはなかったと思う。忘れられない一瞬《いっしゅん》になった。

彼女の本が大好きだってなぜ言わなかったんだろう？　あたしにとってどんなに大切な存在かって。ほかのだれも知らないことをわかってる人だと尊敬してるって。

そのあとは1日じゅう絶叫《ぜっきょう》してた。

そして、写真の現像ができあがるのを夕方まで待ちわびた。なのにあたしとアン・ライスがいっしょに写っている写真は、1枚もなかった。あたしとアン・ライスの姿は別々の写真におさまっていた。ヴァンパイアを愛する者同士は同じ1枚におさまれない？　そんなことってあるのかな？　それともママの腕《うで》がそれほどひどかったということ？　ホテルへの帰り道、あたしはママとひとことも口をきかなかった。

3 モンスター・シックスティーン

スウィート・シックスティーン、今日はあたしの16回目のバースデー。

ダルスヴィルでの暮らしは今日もいつもと変わりない。この記念すべき1日も。

朝はオタクボーイがどなる声ではじまる。

「起きなよ、レイヴン！　遅刻《ちこく》するよ。学校に行く時間だって！」

おんなじ親から生まれたのに、なんでこうもちがうんだろう。

無理やりベッドからはいでて、ノースリーブの黒いコットンドレスを着た。靴《くつ》は黒いハイキングブーツ。黒いリップスティックは輪郭《りんかく》をしっかりとって塗《ぬ》る。

キッチンのテーブルには2つのケーキがならんでた。白い花の飾《かざ》りがついた〝1〟と〝6〟のかたちのケーキだ。

〝6〟のケーキを人さし指ですくって、クリームをなめた。

「ハッピー・バースデー！」

ママは言って、あたしにキスした。ひとつの箱が手わたされる。

「ハッピー・バースデー、レイヴ」

パパも言って、ほおにキスをくれた。

軽い箱をゆすると、からからと音がした。〝ハッピー・バースデー〟とプリントされた包装紙を見つめた。車のキーかもしれない――あたしだけのバットモービル！　なんだかんだいっても16歳の誕生日だもの。

「とびきりのものをプレゼントしたかったの」

ママはにっこりと笑った。

わくわくしながら包みを破って、中から出てきたジュエリーボックスのふたを開けた。

あたしを見つめ返してきたのは、白く輝《かがや》くパールのネックレスだった。

「いざというときのために、女の子には真珠《しんじゅ》のネックレスが必要なの」

ママはうれしそうに言った。

あたしは引きつった笑顔《えがお》を作って、がんばって失望を隠《かく》した。

「ありがとう」

玄関《げんかん》のベルが鳴った。ベッキーが小さな黒いプレゼントの箱を持って入ってきた。

「ハッピー・バースデー！」

あたしたちはリビングに移動して、秘密の話をはじめた。

「ありがとう。プレゼントなんていいのに」

「毎年そう言うんだから」

ベッキーはからかいながら、小さな箱をくれた。

「ところで昨日の夜、あの屋敷《やしき》の前に引《ひ》っ越《こ》し用のワゴン車がとまってたよ！」

ベッキーが声をひそめて言った。

「ウソ！　とうとうだれか越してきたわけ？」

「たぶんね。でもあたしは、運送屋さんがオーク材の机を運んでるのを見ただけ。あとは古い振《ふ》り子《こ》時計とか、〝土〟って書いてあるやたらと大きい木の箱とか。それから10代の息子《むすこ》がいたよ」

「どうせ生まれたときからチノパンをはいてるような子でしょ。両親はいい大学出てて、たいくつな人たちにきまってる」

あたしは答えた。

「リフォームして、いま住んでるクモたちを追いだしたりしないでほしいな」

「そうだね。門をこわして、白い木の垣根《かきね》を建てちゃったり」

「前庭の芝生《しばふ》にプラスチックのガチョウを置いたりさ」

アブナい人みたいにふたりでうひゃうひゃ笑いあった。そうそう、プレゼント。あたしは黒いリボンをほどいた。

「何か特別なものをプレゼントしたかったんだ。だって16歳だもの」

中から出てきたのは黒い革のネックレスだった。銀色のコウモリがさがってる！

「最高！」あたしは叫んで、すぐに首にかけた。

✝

体育の授業。あたしは学校指定の全身白の体操服や運動靴《うんどうぐつ》はパスして、黒いシャツと短パン、ミリタリーブーツでかためてる。ほんと、なんで白なわけ？　すごく疑問だ。生徒の運動神経がよくなる効果でもあるんだろうか？

「レイヴン、今日もきみを校長室へ行かせるなんてイヤなんだ。一度でいいから指定の体操服を着て、先生を安心させてくれよ」

体育のハリス先生が泣きを入れてくる。

「あたしの誕生日よ。今日ぐらい見のがしてよ！」

先生は困りはてて、あたしをただじっと見つめた。

「今日だけだぞ」しばらく考えてから、先生はやっとうなずいた。「誕生日だからじゃない。校長室に行かせる気分じゃないからだ」

ベッキーとあたしはくすくす笑いながら、運動場の観覧席に向かった。

幼稚園《ようちえん》時代からの天敵トレヴァー・ミッチェルと子分のマット・ウェルズが後ろから来た。カチッときまったヘアスタイル。コンサバでリッチなサッカー部員だ。ふたりとも自分がかっこいいのを知っている。うぬぼれた態度にムカムカする。

「スウィート・シックスティーン！」

トレヴァーが言った。あたしとハリス先生のやりとりを聞いていたのだ。

「いい感じじゃん！　恋にはバッチリの熟したて。だよな、マット？」

後ろにピタッとくっついて離《はな》れない。

「ほんとほんと」マットが相づちを打つ。

「でも白を着ないのにはたぶん理由があるんだ。ヴァージンの色だもんな、レイヴン？」

トレヴァーはたしかにイケメンになった。きれいな青い目をしてるし、髪《かみ》もモデルみたいにキマってる。曜日ごとにちがう女の子をつれているバッドボーイ。でも金持ちのバッドボーイ。そこが実につまらない。

「そのとおりよ。黒を着るのは理由があるの。知りたきゃ自分で調べるのね」

ベッキーとあたしは観覧席のすみっこにすわった。トレヴァーとマットは顔を赤くしてグラウンドに立ちつくしていた。

「今日の誕生日の予定は？」

気を取り直したようにトレヴァーがたずねた。クラス全員に聞こえるような大声で。

「金曜の夜には農家のベッキーと家で『13日の金曜日』を見るんだろ？　個人広告でも出せよ。〈16歳、カレシなし。白人のモンスターガールが永遠のパートナーを求む〉なんてさ」

みんながどっと笑う。

トレヴァーにからかわれるのは気にくわないけど、ベッキーがからかわれるのはもっと嫌《きら》いだ。

「何よ、今晩はふたりでマットのパーティーに行くつもりよ。あたしたちが行かなきゃつまんないでしょ」

みんな驚《おどろ》いたし、ベッキーは目を白黒させた。選ばれた子たちしか呼ばれないマットのパーティーには行ったことがない。あたしたちは一度も招待されてなかったし、たとえ招待されたとしても行ってなかった。少なくともあたしは。

全員がトレヴァーの反応《はんのう》を待ちかまえている。

「わかった。そっちのお供もつれてきていいぞ。ただし忘れんなよ。おれたちが飲むのはビールだ。血じゃないからな！」

クラスのみんながまた笑った。トレヴァーがマットとハイタッチする。

ハリス先生がホイッスルを鳴らした。さっさと観客席を離れて、猟犬《りょうけん》みたいにグラウンドをぐるぐる走れという合図だ。

でもベッキーとあたしは歩いた。クラスメートたちが汗水垂《あせみずた》らしてたって関係ない。

「マットのパーティーになんか行けないよ、何されるかわからないし」

ベッキーは言った。

「だから行って確かめるんじゃん。何かやらかすのはあたしたちかもよ。今日はあたしのステキな16歳の誕生日。覚えてる？　忘れられない思い出を作らなくちゃ！」

4 真実をめぐる冒険《ぼうけん》

あたしが暮らすダルスヴィル《たいくつ町》。ここで経験した最高にエキサイティングなできごとを古い順にあげると、

1. 3時10分発の電車が脱線《だっせん》して、チョコキャンディの箱をぶちまけた。みんなでむしゃむしゃほおばった。
2. 上級生のだれかがトイレにかんしゃく玉を流して、下水管を爆発《ばくはつ》させた。学校が1週間休みになった。
3. 16歳《さい》の誕生日、ある一家がベンソン・ヒルのてっぺんの幽霊屋敷《ゆうれいやしき》に越《こ》してきた。ヴァンパイアだってうわさでもちきり!

屋敷にまつわる伝説はこうだ。建てたのはルーマニアの男爵《だんしゃく》夫人。農民たちが一揆《いっき》を

起こし夫や一族のほとんどが殺されたため、祖国を捨てて亡命してきた。男爵夫人はヨーロッパで暮らしていた豪邸《ごうてい》にすみずみまで似せた新居をベンソン・ヒルに建てた。

彼女《かのじょ》は世間との交流を完全に絶って、何人かの使用人と暮らしていた。会ったことは一度もないけど、墓地のなかでもぽつんと孤立《こりつ》した夫人の墓の近くで、よく遊んだ。夕方になると彼女が2階の窓辺にすわって月をながめていたと、町では言われている。そしていまでも満月の夜、特定の角度から見ると、月を見つめる彼女の姿が見えるというのだ。

でもあたしは見たことがない。

屋敷は彼女の死後ずっと板でかこわれていた。うわさでは夫人のルーマニアに遺《のこ》した娘《むすめ》が黒魔術《くろまじゅつ》に関心を持ったからだとか。いずれにしろ娘はダルスヴィルには関心を持たず、屋敷の所有権を主張することはなかった。

ベンソン・ヒルの屋敷はゴシック調で、あたしにはすごくかっこよく見える。でもほかのみんなにとっては目ざわりらしい。町でいちばん大きいのに、だれも住もうとはしない。パパは権利がはっきりしないからだと言う。ベッキーが言うには、呪《のろ》われた家だからだって。あたしは、この町の女たちがほこりだらけの家を掃除《そうじ》したくないからだと思う。

もちろんあたしはずっと屋敷に夢中だ。幽霊を見たくて夜どれだけ丘《おか》にのぼっただろう。でも中に入ったのはたった1回だけ。12歳のときだ。中を掃除して自分だけの遊び場にするつもりだった。ある晩鉄の門扉《もんぴ》を乗りこえて、急ぎ足で玄関《げんかん》へ向かった。

屋敷にはめちゃくちゃ威厳《いげん》があった。ブドウのつるが涙《なみだ》みたいに左右ふた筋に垂《た》れている。はげかかった塗装《とそう》、粉々に割れた屋根のタイル。屋根裏部屋の窓には妖気《ようき》がただよっていた。木製の玄関ドアはゴジラのようにそびえ立っている。大きくて頑丈《がんじょう》で、鍵《かぎ》がかかっている。忍び足《しのびあし》で屋敷の裏へまわった。全部の窓に長い釘《くぎ》で板が打ちつけてあった。でもよく見ると地下室の窓の板が何枚か、はがれかけている。

引っぱってはがそうとしたとき、声が聞こえた。

あたしは草やぶの後ろにしゃがみこんで身を隠《かく》した。男子高校生のグループがおぼつかない足どりでやってきた。ほとんどが酔《よ》っぱらいで、ひとりがビビりまくっている。

「早くしろ、ジャック。中へ入って、記念品を取ってこい！」

男の子たちは野球キャップをかぶった仲間のひとりを屋敷のほうへ押し出した。

そう言われた7年生のジャック・パターソンは明らかに心臓をバクバクいわせていた。ハンサムでいかにもモテるタイプ。友達を作るために幽霊屋敷に忍《しの》びこまなくてもいいはずだ。バスケをしたり、女の子にきゃあきゃあ言われてるほうがずっと似あってる。

もう幽霊が見えてるみたいな怖《こわ》がり方で、ジャックは屋敷に近づいた。とうとつにあたしが隠れているやぶの後ろをのぞきこむ。あたしは息をのみ、ジャックは悲鳴をあげた。

ふたり同時に心臓マヒを起こすかと思った。男の子たちがこっちに来る。

「こいつったら、ちっこい女の子みたいな声出してやんの！」

ひとりが意地悪っぽく言った。あたしはますます身を縮めた。

「来るな！」ジャックはやつらに言った。「ぼくひとりでやらなきゃダメなんだろ？」

みんなが引きかえすのを見とどけると、ジャックはあたしに向かってうなずいた。

「びっくりしたじゃないか！　ここで何してるんだい？」

「住んでるの。鍵をなくしちゃって。中に入りたいんだけど」

冗談《じょうだん》が通じたみたい。ジャックはほっと息をつき、ほほえんだ。

「きみはだれ？」

「レイヴンよ。あたしはあなたのこと、知ってる。ジャック・パターソンでしょ。お父さんはデパートのオーナー。あなたがレジを打ってるとこ見たことがある」

「だからか。ぼくもきみに見覚えがあったのは」

「で、あなたはなんでここにいるの？」

「肝試《きもだめ》しだよ。呪われた屋敷に忍びこんで記念品を取ってこなきゃ」

「古いソファとか？」

ジャックはさっきと同じほほえみを浮《う》かべた。

「ああ。マヌケだよね。でももうどうでもいい。どうせ入るのは無理……」

「ううん、無理じゃない！」

あたしは彼を板がはがれかけている地下室の窓へ案内した。

「きみが先に行ってよ」あたしより5歳も上の高校生のくせに、背中を押す手がふるえてる。

窓のすきまからすべりこむのは簡単だった。

屋敷の中は、あたしも感心するほどの真《ま》っ暗闇《くらやみ》だった。クモの巣をよけることすらできない。なんて楽しい！

「早くおいでよ！」あたしはせかした。

「動けないんだよ。引っかかっちゃって」

「いいから来て。お尻《しり》が窓にはさまったまま友達に発見されてもいいの？」

あたしがグイグイ押したり引っぱったりしてるうち、ジャックはやっと窓を抜けだした。おびえる年上の男の子の先に立って、かびくさい地下室を進んだ。ジャックはあたしの手を指が折れそうなくらい強く握《にぎ》りしめている。

でも彼と手をつないでる気分はすてきだった。ジャックの手は大きくて力があって、男の人だった。オタクボーイのベトついてぐにゃぐにゃしたちっちゃな手とはちがう。

「どこへ向かってるの？」小さくたずねる声が怖がってる。「なんにも見えないよ！」

あたしの目は慣れてきて、いすやソファのかたちがわかるようになっていた。上にかけられた白い布にほこりが積もってる。たぶん月をながめていた老婦人が使っていたものだ。

「階段があるみたい」あたしは言った。「このままついてきて」

「これ以上奥《おく》へ進むなんてとんでもない！　正気かよ？」

振《ふ》り向《む》くと、ジャックの顔はおびえきっていた。怖いのは外で待っている仲間か、ちょっと乗っただけで穴が開きそうな階段？　それとも幽霊かな。

「わかった」あたしは言った。「ここで待ってて」

「ぼくがどこかへ行くと思うか？　帰り道さえ見当もつかないのに！」

「でもまずは……」

「なんだよ？」

「手を離《はな》して！」

「ああ、そうだね」

これで解放された。

「レイヴン」

「何よ?」

「気をつけて」

一瞬《いっしゅん》とまどったけど、聞いてみた。「ジャック、幽霊を信じる?」

「まさか、とんでもない!」

本気で怖がってる顔を見てたら笑えてきた。でもジャックの仲間の顔を思い出して、彼《かれ》の野球キャップをつかみとった。悲鳴がまたあがる。

「落ちついてよ、あたしでしょ。あなたの信じてない不気味《ぶきみ》な幽霊なんかじゃないから」

あたしはギシギシいう階段を慎重《しんちょう》にのぼった。最後までのぼると、閉じたドアにぶつかったけど、ノブをまわすとドアは開いた。現れたのは広い廊下《ろうか》だった。板が割れたところから月の光がさしこんでいる。屋敷の中は外から想像していたより広く感じられた。歩きながら壁《かべ》に指をはわせる。ほこりがふわふわとまとわりついた。角を曲がると、大きな階段に出くわした。男爵夫人の幽霊が現れるのはこの上?

つま先立ちして階段をのぼった。

ひとつめのドアには鍵がかかっていた。ふたつめも3つめも。4つめのドアに耳をつけると、かすかな泣き声が中から聞こえた。全身がゾワゾワする。天国にのぼった気分だ。でもよく聞くと、風が窓のすきまから吹きこんでいる音だとわかった。クローゼットを開けてみた。古い棺桶《かんおけ》みたいにキーキー鳴る。きっとガイコツが出てくる！　でも現れたのは古びたハンガーだった。服の代わりにクモの巣をかぶっている。幽霊はどこにいるんだろう――書斎《しょさい》をのぞきこんだ。小さなテーブルの上で、本が1冊開いたままになっていた。月をながめる男爵夫人が、死ぬまぎわまで読んでいたみたいに。

本棚《ほんだな》から『ルーマニアの城』という本を抜きとった。本を抜いたとたん、本棚が動き、謎《なぞ》の地下牢《ちかろう》へとつづく秘密の通路が現れることを期待した。でも実際に動いたのは、毛深くて茶色いクモ1匹《ぴき》だけだった。ほこりまみれの本棚をさーっと横切っていく。

しかし次の瞬間《しゅんかん》、大きな音が耳に飛びこんで、あたしはあやうく天井《てんじょう》に穴を開けるほど飛びあがった。こんなときに車のクラクションを鳴らすなんて！　動揺《どうよう》して本を落っことした。ジャックの仲間や、はたさなくちゃならないミッションをすっかり忘れていた。

大階段をかけおり、最後の何段かはジャンプした。まぶしい車のライトが板のすきまからリビングにさしこんでいる。出窓にのぼって、外をのぞいた。うまい具合に板に隠れて、向こうからはあたしの姿は見えない。高校生たちは車のボンネットに腰《こし》かけていた。門扉の外から屋敷にヘッドライトをあてている。

ひとりがこっちを見ている。あたしは板のすきまからジャックの帽子《ぼうし》を押し出して振った。目標達成の証《あか》し。高校生たちは親指を立てて賞賛をくれた。

地下室にもどるとジャックはぐっしょり汗《あせ》をかいていた。

小さい子がお母さんにするみたいに、あたしに抱《だ》きついてきた。

「なんでこんなに遅《おそ》かったんだよお」

あたしはジャックの頭にキャップをもどしてあげた。「ちゃんとかぶってくのよ」

「このキャップがどうかしたの?」

「あなたがちゃんとやりとげたって、仲間に知らせておいた。もう行く?」

「ああ行く!」

先に外へ出たジャックが窓からあたしを引っぱり出した。火事の中から人を助けるみたいな急ぎ方だ。帰りは窓に引っかからなかったらしい。

あたしたちははずした板を無理やりもとにもどした。

「あとでほかのだれかが簡単に入れたらイヤだもんね」あたしは言った。

ジャックはあたしをひたすら見つめてた。得体《えたい》の知れない生き物を見るみたいに。なんてお礼を言っていいかわからないみたいに。

「待てよ！　記念品を取ってこなかった！」

やっと気づいたか。

「あたしがもどって取ってくるよ」

「ダメだ！」

ジャックに腕《うで》をつかまれたまま、あたしは少し考えた。

「ほら、これを持ってって」

黒い革のひもにオニキスの丸いチャームをつけたネックレスをわたす。

「3ドルの安物だけど、男爵夫人が持ってたようにも見えるわ。じっくり見せなければ」

「でも実際に探検したのはきみだ。ぼくが手柄《てがら》をひとりじめしてもいいの？」

「心変わりする前に、さっさと持ってって」

「ありがとう！」

ジャックは手にしたネックレスの重みを確かめると、ほおにあったかいキスをくれた。

彼が引きかえすあいだ、あたしはさびれたあずまやの後ろに身を隠していた。仲間たちは、ネックレスをかざすジャックとハイタッチをかわしている。ジャックはいまやヒーローだ。あたしにとっても。汚《よご》れた手を、キスされたばかりのほおにそっとあてた。

その日以降、ジャックは人気者のグループに仲間入りをはたし、クラス委員長にまでなった。ときたま町の広場のあたりで見かけると、きまって晴れやかに笑いかけてくれる。

でも、あこがれの屋敷を再び訪れるチャンスはもう、来なかった。ジャックが屋敷に忍びこんだというううわさが広まり、警察が夜のパトロールをはじめたのだ。あたしが屋敷に再び足を踏《ふ》み入《い》れるのは、それから何年もあとのことになる。

5 窓の明かり

体育の授業で今日は終わりだったから、ベッキーとふたり帰り道を歩いていた。屋敷《やしき》の前を通りかかったとき、気づいてしまった。窓に見えるひとつの明かり。ウソ！　窓の板がはずされてる。

「ベッキー、見て！」

興奮して、思わず叫《さけ》んだ。

屋根裏部屋の窓には人影《ひとかげ》があった。星を見上げている。

「驚《おどろ》いた！　ほんとだ、レイヴン。幽霊《ゆうれい》がいる！」

ベッキーも叫んで、あたしの腕《うで》にしがみついた。

「じゃあ、この幽霊が黒いベンツを運転してるっていうの？」

あたしは敷地《しきち》にとまってる高級車を指さして言った。

「早く行こう」ベッキーの声はせっぱ詰《つ》まってた。

突然《とつぜん》、屋根裏の明かりが消えた。

あたしたちは、ふたり同時に息をのんだ。ベッキーの爪《つめ》があたしのセーターに食いこむ。

「ねえ、行こうってば！」やっとベッキーが口を開いた。

でもあたしは動かなかった。

「レイヴン、もう晩ごはんの時間だよ。マットのパーティーにも遅《おく》れちゃうって」

「いまさらマットなんかにトキメいちゃってるわけ？」

ベッキーをからかいつつも、あたしの目は屋敷に釘《くぎ》づけだ。

返事がないのでベッキーの顔をのぞいたら、ほおが赤くなっていた。

「そうなのね！」あたしは驚きを隠《かく》せなかった。

ひと晩じゅう待ったってよかったけど、だれかが出てくる気配《けはい》はまるでない。

屋根裏の窓からもれる明かりが、あたしの魂《たましい》に火をともした。

✝

「あの屋敷にベンツがとまってた！」

自分の誕生日だっていうのに、いつもどおり遅れてあとから席についたあたしは、晩ごはんのテーブルで家族に報告した。

「アダムス・ファミリーみたいな一家らしいね」

オタクボーイが言う。

「レイヴンと同じ年ごろの女の子がいるかもね」ママがつけ加える。

「どんな人たちにしたって、あの古い鏡や木箱は捨てなくちゃダメね」

つい口がすべった。

３人がいっせいにあたしの顔を見た。

「木箱って？」ママがたずねる。「まさかあの屋敷に忍《しの》びこんだの!?」

「ただのうわさよ」

屋敷の新しい住人は、ダルスヴィルの人間にはまだだれも目撃《もくげき》されていないらしい。

✝

マット・ウェルズの家は町の高級なほうの地域、オークリー・ウッズのはずれにある。遅れて着いたベッキーとあたしは、プレミアの会場に入る映画スターみたいにパーティーに登場した。いや、それはあたしだけ。かわいそうなベッキーは歯医者さんに来たみたいに、あたしにぎゅっとしがみついていた。

「平気だって」あたしははげました。「パーティーなんだよ」

あたしたちが玄関《げんかん》に入ったとたん、廊下《ろうか》にたむろしてた男女が左右に散っていった。クラスメートたちがにらみつけてくる。

あたしはいつものとおり全身ゴシックファッションでかためていた。みんなは制服みたいにトミー・ヒルフィガーの服を着ている。リビングに足を踏み入れるとエアロスミスががんがん鳴《な》り響《ひび》いていた。ソファの上にはたばこの煙《けむり》が厚くよどんでいる。ビールのにおいが空気にしみついている。ひと組のカップルがしばらくあたしたちをじろじろ見てたけど、やがてお互《たが》いに視線をもどした。話しかけても、だれも相手をしてくれそうにない。

「来てくれたなんてウソみたいだ」

マットが廊下であたしたちを見つけて言った。

「写真を撮《と》りたいけど、きみたちってカメラに写らなかったりして!」

口は悪いけど、マットはトレヴァーほど冷酷《れいこく》じゃない。

「ビールは家の裏にあるから」そしてつづける。「案内しておこうか?」

ベッキーはフレンドリーなマットにたじたじだ。首を横に振《ふ》るとトイレにかけこんでしまった。マットは笑って、キッチンへ向かった。あたしはリビングで待つことにした。特大サイズのスピーカーの横でCDのコレクションをながめる。マイケル・ボルトンにセリーヌ・ディオン、ミュージカルのアルバムが山ほど。いかにもって感じ。

ベッキーの様子を見にもどると、トイレのドアが開いていた。廊下に姿がないので、酔《よ》っぱらったクラスメートをかき分けてキッチンへ向かった。100ドルくらいつぎこんでいそうなヘアスタイルの女の子たちがいっせいにあたしをギロリとにらむ。

「よお、セクシーなモンスターねえちゃん」

背後から声がした。トレヴァーだ。手にはバドワイザーの缶《かん》。

「パーティー用の殺し文句できみを落とせるのかな?」

トレヴァーは誘《さそ》いかけるような笑みを浮《う》かべた。「黒いくちびるの女の子とキスするのは初めてだ」

「女の子とキスしたことなんかないくせに」

そう言って、前を通り過ぎようとしたあたしの腕をトレヴァーがつかんだ。

そしてブルーの瞳《ひとみ》で見つめると、なんと口にキスしてきた!

トレヴァーはキスがものすごくうまかった。それは認めよう。

トレヴァー・ミッチェルはそれまで、あたしにさわったことすらなかった。ましてやキスなんて。幼稚園《ようちえん》で噛《か》まれたのが唯一《ゆいいつ》の接触《せっしょく》だ。

きっとひどく酔ってるんだ。だからキスはジョーク。ただのいたずら。

でもくちびるを合わせてるとき、お互いにそれを楽しんでる感じがした。そして、彼《かれ》はあたしを裏口からつれ出した。わけがわからない。酔ってイチャつくカップルたちを尻目《しりめ》にゴミ置き場や噴水《ふんすい》の横を通り過ぎ、背の高い木の下にやってきた。あたりは真っ暗だ。

「暗闇《くらやみ》が怖《こわ》いのかい？　モンスターちゃん」

木立《こだ》ちは光がほとんどさしこまず、トレヴァーのジャケットの赤いストライプもほとんど見えない。

「いいえ、暗いのは大好き」

トレヴァーはあたしを木に押しつけて本気のキスをはじめた。

「ずっと前からヴァンパイアとキスしたかったんだ！」

空気を吸うためにくちびるを離《はな》してトレヴァーが言う。

「つまりこれであたしたちはカップルになるわけ？」

こんどはあたしが息をするためにくちびるを離して言った。

「なんだって?」

「学校に行くときとか手をつないでいくの。それからランチをいっしょに食べたり? 週末には映画に行ったり?」

「ああ、いいよ」

「じゃあふたりはカップルね?」

「ああ」トレヴァーは笑った。「おれがサッカーしてるとこが見られるぞ。おれはきみがコウモリに変身するところが見られる」

トレヴァーはやさしくあたしの首に噛みついた。

「こういうの好きだろ? モンスターちゃん」

がっかりした。もちろんトレヴァーの彼女《かのじょ》になりたかったわけじゃない。あたしたちは火星と金星より遠いところにいる――住む宇宙さえちがうんだから! 好きなんて気持ちさえない、マジで。トレヴァーがあたしをつれ出した目的はわかってた。全部すんだら賭《か》けをしていた友達から10ドルずつ集めるんだろう。〝ゴシック女をモノにした〟って。

そろそろ現実にもどる時間が来た。

「あたしが白を着ない理由が知りたくない？　いっしょに空を飛びたくない？」

「ああ」

トレヴァーはほほえんだ。少しびっくりしているみたいだけど、すごく乗り気だ。

柵《さく》を越《こ》えて森へ行くようトレヴァーをせかした。森へ行けば確実に彼より目がきく。夜行性の生活を送ってきたおかげで、暗闇でもあたしの目はとてもよく見える。猫《ねこ》には負けるけど、いい勝負ってとこ。見上げるとコウモリが数匹《ひき》、木の上ではばたいている。

「見えないよ」

トレヴァーが言った。髪《かみ》にからんだ小枝を払《はら》おうとしてる。

歩きつづけていくと、何かを攻撃《こうげき》するみたいにトレヴァーが腕を振りまわしはじめた。酔うと小心になるタイプらしい。ひどくなさけないやつに見えてきた。

「このへんでいいよ」

トレヴァーが言う。

「ダメよ。もう少し行かなきゃ」

そう答えて、コウモリを追って森の奥《おく》へと進んだ。

「16歳《さい》のバースデーだもん。忘れられない夜にしたいの。絶対にだれにも見られたくない」

「ここでじゅうぶんだよ」

トレヴァーは手さぐりであたしを見つけると、キスをせまってきた。

「もう少しよ」

トレヴァーを引っぱって歩きだす。

「ここなら完璧《かんぺき》！」

あたしはようやく言った。マットの家の明かりはもうとどかない。

トレヴァーがあたしを強く抱《だ》きしめた。愛してるからじゃない。怖いからだ。

森を吹《ふ》きぬけるそよ風に落ち葉のにおいがする。上空ではコウモリがかん高い声でキーキー鳴いている。満月が翼《つばさ》を照らす。本物の彼氏といっしょだったら、ロマンティックだったはずなのに。

トレヴァーの目には何も見えていない。すべてのものを手やくちびるの感触《かんしょく》で確かめてる。あたしの顔じゅうにキスして、ウエストに触《ふ》れる。すぐにあたしのシャツのボタンを見つけたらしく、ごそごそやってる。

「ダメ。あなたが先」

あたしはそう言って、トレヴァーのジャケットを脱《ぬ》がせた。精いっぱいスマートに。男の人の服を脱がすのは初めてだ。トレヴァーはジャケットの下にTシャツを着て、そのまた下にもアンダーシャツを着ていた。この重ね着、永遠に続くの？　気が遠くなった。やっと出てきたはだかの胸の感触を確かめた。目の前にあるんだもの。それくらいしてもいいよね。やわらかくてなめらかで筋肉質。

抱《だ》き寄《よ》せられると、彼の素肌《すはだ》にあたしの黒いレースのレーヨンシャツが触れた。

「なあ、ベイビー。ほしくてたまんないぜ」

ケーブルテレビでやってるアダルト映画からそのまま持ってきたせりふ。

「あたしもよ、ベイビー」

うんざりして、ため息が出る。

しめった地面の上にトレヴァーをゆっくりと横たわらせた。ローファーと靴下《くつした》を脱がせると、残りは彼が自分で積極的にはぎ取った。

両手を頭の後ろに組んで横たわる彼は、完全にはだかだった。月の薄明《うすあ》かりのなかで、あたしはその姿をしばらくながめた。こうしてイケメンのはだかを見た翌日、捨てられた女の子が過去に何人いただろう?

「さあ早くこっちにおいでよ」トレヴァーは言った。「寒いんだよ!」

「ちょっと待ってて。服を脱ぐところを見られたくないの」

「どうせ見えないよ! 自分の手だって見えないんだから!」

「いいから待ってて」

トレヴァーの服を腕にかかえた。セーターにTシャツ、下着、チノパン、靴下、下着。

彼のパワー、仮面、人生そのものだ。そしてあたしはなんと。

走った。こんなに一生けんめい走るのは生まれて初めて、ってくらい。

コウモリたちもあたしの動きに合わせるように飛び去っていった。マットの家にはすぐに着いた。小さくまるめたトレヴァーの服は、落ちてたゴミ袋《ぶくろ》からビールの空き缶を出して、代わりに詰めた。気取ったクラスメートたちが裏口のポーチで飲んでいたけど、あたしの動きにはだれも気づかなかった。

ゴミ袋をかかえて家の中へ入ると、あたしはそこで見つけたベッキーの腕をつかんだ。ぎょっとした顔。ポーカーをしてる連中《れんちゅう》へビールを運んでるところだった。

「どこ行ってたの?」

ベッキーはほえた。

「家じゅう探したっていないんだもの！　おかげでこんなにコキ使われてるのよ！　ビールにポテチ、ビールにポテチ、行ったり来たり！」

「そんなのどうでもいいから逃《に》げるの！」

あたしが手にしている物をけげんそうに見つめていたベッキーの腕をつかんだ。

「そのゴミ袋、何が入ってるの？」

「ゴミにきまってるじゃん」

ベッキーの背中を押して玄関を出た。

「何があったってわけ？」

腕を引っぱって庭を歩くあいだ、ベッキーは何度も聞いた。ベッキーの10年ものの荷台つき自動車は道のつきあたりに駐車《ちゅうしゃ》してあった。

「どこにいたのよ、レイヴン？　髪に葉っぱがついてるじゃない」

車が走りだして、帰り道の半分くらい来たところで、あたしはやっと運転席のベッキーのほうを向いた。思いっきりニカッと笑って、叫んだ。

「トレヴァー・ミッチェルを痛い目にあわせてやった！」

「ウソだ！　絶対ウソ！　そんなのムチャだよ！」

ベッキーも負けずに叫んだ。車体が大きくゆれて路肩《ろかた》をはみ出そうになった。

「暴力とかそういうんじゃないの。思いきりひどい目にあわせたってことよ、ベッキー。

この服がその証拠《しょうこ》!」

あたしはゴミ袋から1枚1枚トレヴァーの服を引っぱり出した。

ふたりして笑いころげているうち、車がベンソン・ヒルの手前の角を曲がった。

曲がりくねった道は、暗く静まりかえっていた。ヘッドライトが木々を不気味《ぶきみ》に照らしだす。蛾《が》が次々とフロントガラスに体あたりを食らわす。別の道へまわれ、と警告してるみたいだ。

「真っ暗だね」

屋敷を見てあたしは言った。

「ちょっととまって、様子を見てみない?」

突然《とつぜん》、ヘッドライトの中に人影が浮かびあがった。道路の真ん中につっ立ってる。

「あぶない!」

あたしはどなった。

月光のように白く透《す》きとおった肌《はだ》をした男の人だった。黒い髪、ブラックジーンズ、黒いワークブーツ。さっと手を上げて目をおおったのが見えた。車がせまってくることより、ヘッドライトのまぶしさのほうが重大な危機といった様子で。

ベッキーがめいっぱいブレーキを踏《ふ》みこんだ。ドサッという音が耳にとどいた。

「大丈夫《だいじょうぶ》？」ベッキーが泣きだしそうな声でたずねる。

「大丈夫。ベッキーは？」

「あたし人をひいちゃったの？」

「わからない」

「ダメ。自分じゃ見にいけない」ベッキーはハンドルに顔をうずめて泣きだした。

あたしは車を飛びだすと、おそるおそる前方をのぞきこんだ。

――だれもいない。

車の下に首をつっこんで、へこみ傷を探した。顔を近づけてもっとよく見ると、バンパーに血が飛び散っているのに気づいた。

「大丈夫ですか？」声をかけてみた。

でも返事はない。

ダッシュボードから懐中電灯《かいちゅうでんとう》を引っぱり出す。

「何してるの？」ベッキーの声は不安でいっぱいだ。

「探してるの」

「何を？」

「血がついてたから……」

「血？」ベッキーが叫んだ。「だれかを殺しちゃったのね！」

「落ちついてよ。鹿《しか》だってこともあるんだから」

「鹿はブラックジーンズをはいてない！　911に電話する」

「そうすれば？　でも相手はどこ？」あたしは冷静に分析《ぶんせき》した。「森へはじき飛ばすほどのスピードは出てなかった」

「だったらこの車の下だ！」

「もう見たよ。たぶんぶつかっただけで、そのまま歩いていったんじゃないかな。でもそれを確かめたいの」

ベッキーがあたしの腕をつかんだ。爪が深く食いこむ。

「レイヴン、やめて！　もう行こう！　911に電話するから」

「なんならドアをロックして待ってれば？」あたしはベッキーの手を振り払った。「でもエンジンは止めちゃダメ。ライトもつけといて」

あたしは草むらをかき分け、小川のほとりにおりた。それから屋敷へと通じる丘《おか》の斜面《しゃめん》へと向かった。

「キャーッ」

「どうしたの!?」

あたしの金切り声に、ベッキーが車のウィンドーを開けて大声でたずねてきた。

血だ！　草の上にどろりと赤い血だまりができている！　でも身体はない。あたしは点々と残る赤いしずくをたどった。バラバラになった肉片があちこちに散乱してたらイヤだ。ふと硬《かた》いものにつまずいてよろけた。足もとに視線を落とす。もしや生首？　懐中電灯をあてると正体が判明した。ぼろぼろのペンキ缶だった。

「死んでた？」車にもどるなりベッキーに聞かれた。息が荒《あら》くなっている。

「ううん。でもその人のかんを殺したのかもよ」

目の前にペンキ缶をつきつけた。

「ただのペンキだったんだ！」

ベッキーは安堵《あんど》のため息をついて、携帯電話《けいたいでんわ》を置くとエンジンをふかした。

「さっさと行こう！」

「道の真ん中を歩いてたのは、どこのバカだったのかな？」聞こえるように声を張りあげた。「きっと落書きか何かをしようとしてたんだよ」

「そもそもどこから出てきたわけ？　一瞬《いっしゅん》でどこへ消えたの？」ベッキーがぶつぶつ言う。

バックミラーに映る屋敷をのぞきこんだ瞬間《しゅんかん》、屋根裏部屋の窓に明かりがともった。

6 大公開

〈トレヴァーヌード事件〉のうわさは、またたくまにダルスヴィル高校じゅうに広まった。オムツみたいにゴミ袋《ぶくろ》をあててマットの家にころがりこんだという説と、裏庭の芝生《しばふ》で気絶していたところを発見されたという説がある。あたしの関与《かんよ》を示す手がかりは、だれも見つけていない。真相を知っているのはトレヴァー本人だけ。仲間には〝チアリーダーのひとりと――〟ということにしているらしい。とりあえずみんな大笑いした。

トレヴァーはあたしにいっさい近づかなかった。目さえ合わそうとしない。人気サッカー部員の汚点《おてん》を明かす決定的証拠《しょうこ》は、このあたしが握《にぎ》っているからね。

まずは片方の靴《くつ》。たしか左だったと思う。それをひもで、あたしのロッカーの扉《とびら》にぶら下げた。最初はローファーの存在にだれも気づかなかった。やっと気づいた子たちはちらりと見ただけで通り過ぎた。でも次の日の朝、靴は消えていた。持ち去る理由があるのはひとりだけ。そしていよいよ高校じゅうが真相を知るときがやってきた。

右の茶色のローファーを同じように吊《つ》るした。でもこんどは横にメモをそえた。

《なくしものしたでしょ、トレヴァー?》

前を通り過ぎた生徒たちがクスクス笑うのが聞こえた。だれのロッカーかはわかってない。でもまもなく、それも明らかになった。

靴下《くつした》も片足ずつ、つづいてTシャツをぶら下げた。変化が現れた。それまであたしに話しかけたこともない派手なグループの女の子たちが、代数の授業中こっちをうかがっていたのだ。笑顔《えがお》があたしを仲間と認めている。〝トレヴァー・シスターズ〟――3人ともトレヴァーの〝元カノ〟だ、疑いなく。

草の汁《しる》と泥《どろ》で汚《よご》れたチノパンを吊るすころには、ロッカーの主《ぬし》がだれなのかは知れわたっていた。学食に行けば、みんながニッと笑いかけてくる。デートに誘《さそ》う男の子はいなかったけど、あたしは出しぬけに人気者になった。静かなるブームってとこだ。

もちろんトレヴァーはそのブームにのってこなかった。でも心配無用。いまやロッカーの持ち主はだれもが知っている。あたしに何かあったら、真っ先に疑われるのはトレヴァーだ。

代わりにやつは変テコなおどしをかけてきた。

「てめえのケツを蹴《け》とばしてやる、モンスター」

そうある日言ってきたのだ。両手であごをはさまれた。うちへ帰ろうとベッキーと学校を出たばかりのところだった。

「ローファーより、ミリタリーブーツで蹴《け》られるほうが痛いんだよ!?　野蛮人《やばんじん》」

顔を両手で包まれたまま、あたしは教えてやった。

「かまうなって」マットがトレヴァーを引《ひ》き離《はな》してくれた。マットがあたしの一連のいたずらを楽しんでいるのは知っていた。トレヴァーの態度にときどきうんざりするんだろう。

「おまえなんかどうころんだって、ただの変人だ！」

トレヴァーがわめいた。マットが再びトレヴァーを遠ざけてくれて、ラッキーだった。

疲《つか》れきった放課後にケンカなんかしたくない。

「行くな！　おい待て！」

歩きだすと、トレヴァーが後ろから呼び止めた。すかさずどなり返す。

「あたしの弁護士と話して！」

✝

あたしの〝栄誉《えいよ》ある返還《へんかん》〟はついにグランドフィナーレを迎《むか》えた。おおぜいの生徒があたしのロッカーの前に詰《つ》めかけた。写真を撮《と》ってる1年生までいる。
お待ちかねのクライマックス——それは〈カルヴァン・クライン〉の白いボクサーショーツだった。糊《のり》でべったりとはりつけ、下にメモをそえた。
《白はヴァージンの色よ。そうでしょ、トレヴァー？》
下着はしばらくロッカーの扉にとどまった。学校じゅうが見にきた。ひとり残らず！

「レイヴン、きみは学校の備品を傷つけた」

その日のうちに校長のスミス先生にしかられた。

「あのロッカー大昔から使ってるやつですよね、フランク」

あたしは校長に反論した。

「新しいのを買いたいって、そろそろ役員会にかけあったらどうですか」

「事の重大さがわかってないようだね、レイヴン。きみはロッカーを強力な糊で台なしにして、名誉《めいよ》ある生徒に恥《はじ》をかかせたんだ」

「名誉ってなんですか？　チアリーダーのトップチーム全員と控《ひか》えのメンバー半分に聞いてください。彼に何度恥ずかしい思いをさせられたことか！」

フランク・スミス校長はいらだたしげに鉛筆《えんぴつ》をコツコツいわせた。

「学校としてはきみを野放しにしておくにはいかない、レイヴン。どこかのクラブに入るか、友達ができるような活動をしたまえ」

「名誉ある生徒のトレヴァーはチアリーダーをリスペクトしてますしね」

「レイヴン、高校というのはたいていの生徒にとって、いづらい場所なんだ。そうきまってる。外からはなじんでいるように見える人間でも、たいていは違和感《いわかん》を持ってる。でもきみはめぐまれた生徒だ。想像力豊かで、頭も切れる。自分で解決できる。ただし答えを探すあいだ、ほかのだれかのロッカーをダメにするのだけはやめてくれよ」

「ええ、フランク」あたしは放課後の居残りを言いわたす紙を手にして、ドアを閉めた。

✝

次の日、覚えのないものがあたしのロッカーの扉にあった。

《レイヴンはホラーだ！》――黒いペンキの落書きだった。

あたしはふっと笑った。トレヴァー、よくわかってるじゃない。切れ者だこと。心がじんわりとあたたかくなった。彼にほめられたのは、初めてだ。

7　最高のハロウィーン

ハロウィーン。1年でいちばん好きな日。あたしにお似あいの1日。

今年はコスチュームに気合を入れようと心にきめていた。いつもはけっして寄りつかないショップで買い物をして、ママのアイテムを借りた。髪《かみ》をきゅっとポニーテールにして、ピンクのバレッタを留める。しなやかでガーリーな白いカシミアのセーターに、ピンクのテニススコートを合わせた。ママのファンデーションにチーク、淡《あわ》いブラム系のリップで、メイクも明るく健康的に仕上げた。手にはパパのテニスラケット。

キッチンですれちがったオタクボーイは、姉貴《あねき》だとわかると口をあんぐり開けた。

「初めてだよ。こんなに……いい感じのレイヴンって」

弟はバスケット選手のコスチュームだった。あたしはたちまち吐《は》きそうになった。

ママとパパは写真を撮《と》りたがった。しぶしぶ1枚だけ撮らせてあげた。オフィスに飾《かざ》って自慢《じまん》できるような娘《むすめ》の写真がやっと手に入って、パパはうれしかっただろう。

学校のカフェテリアでベッキーとランチをとった。転校生みたいにみんなの視線が集中する。本当にだれひとりとしてあたしと気づかない。最初はおもしろかったけど、だんだんイヤな気分になってきた。黒を着ても白を着ても、結局じろじろ見られる。ほどなくドラキュラに扮《ふん》したトレヴァーがカフェテリアにやってきた。髪をオールバックにして、黒いマントをひけらかしている。真《ま》っ赤《か》なくちびるからプラスチックの牙《きば》がのぞく。横にはマットが立っていた。トレヴァーはあたしを探して、きょろきょろしている。晴れ姿を間近で見せつけたいらしい。マットがようやくあたしを見つけて指さすと、トレヴァーは二度見した。あたしの全身をじっくりながめまわしている。

こっちに来て何かバカなことを言うにちがいない――そう確信した。でもトレヴァーはうんと離《はな》れた席に背を向けてすわった。そしてあたしたちより先にカフェテリアを出た。

やっとあいつから解放された！　かんちがいだったとあとで気づいたけど。

夕方、あたしのカボチャ型の小さなバスケットは、ほとんどいっぱいになっていた。ピーナッツチョコにスニッカーズ、ピーナッツクリームの入ったチョコ、フルーツ味のソフトキャンディ、ダブルバブル・ガム。おいしいお菓子《かし》がどっさりだ。なかでもとりわけ大事なのはクモの指輪とタトゥーのシールだった。ベッキーとあたしは町じゅうの家をまわってて、とうとう謎《なぞ》の屋敷《やしき》の前に立った。いったい何が待ちうけているんだろう。あたしたちは最大のお楽しみを最後に取っておいたのだ。でも考えていることはみんな同じだった。

屋敷の玄関《げんかん》の前には行列ができていた。パンクロッカー、セクシーギャル、ミッキーマウス、原始人、シンプソン・ファミリーたちが順番を待ちわびていた。親たちまでもひと目、中を見ようと、顔を隠《かく》して集まっている。みんなバケモノ見たさに押しかけたのだ。

オタクボーイが玄関からこっちに向かってきて、あたしとベッキーを見つけた。

「ならんで待つかいがあるよ、レイヴン。最高だよ！　これ、ぼくのお姉ちゃん」

弟はバットマンに扮したオタク仲間っぽい友達に、得意げに紹介《しょうかい》した。その子はいかにも年下の男の子って感じで、あたしを見る目がハートになっている。

「縮み首でも見たの？　牙のあるモンスターとか？」

弟に聞いてみた。

「すんごく怖《こわ》いおじいさんがいるんだよ。衣装も着てないのにゾクゾクしちゃうんだ！」

ダサ弟はあきらかにあたしの機嫌《きげん》を取っていた。姉を友達に自慢できるのは、これが初めてだからだろう。

「情報ありがとう」

「ありがとう!?　あ……ああ……いいんだよ、お姉ちゃん」

「じゃあ、あとでうちでね。お菓子を交換《こうかん》したければ言って」

オタクボーイは歓迎《かんげい》するようにうなずいた。生き別れになっていた姉にやっとめぐり会えたような笑顔を残して、弟は去っていった。

ベッキーとあたしはいまかいまかと順番を待った。あたしたちは列の最後尾《さいこうび》だった。前にならんでいたチャーリー・ブラウンと魔女《まじょ》がお菓子を受け取ってくるりと背を向けると、玄関のドアが閉まった。S字型のドアノッカー。近くでよく見ると、ヘビのかたちになっていて、目にはエメラルドが入っていた。謎のゴシック少年が出てくるのを期待して、ドアを小さくコツコツとたたいた。誕生日の夜、道の真ん中に立っていた本人か、そうだとしたら何をしていたのか聞いてみたい。でも、だれもノックに応《こた》えてはくれなかった。

「もう行こうよ」ベッキーの口調はいらいらしていた。

「ダメ。長いこと待ったんだから！　お菓子をもらうまで帰らない。当然の権利よ！」

「疲《つか》れたよ。何時間も歩きまわってたんだもん。この家の気味悪いおじいさんも眠《ねむ》たくなっちゃったんだよ。あたしもそう」

「まだ帰れないよ。行こう。あたしたちって親友でしょ」

「そうよ。でももう夜遅《おそ》い」

「わかったよ、わかった。明日電話して、おじいさんのこと話してあげる」

通りにはお菓子をねだる子どもたちがまだたくさん歩いてる。臆病《おくびょう》なベッキーもさすがにこれなら怖くないだろう。無事に家にたどり着けるはず。

ヘビのドアノッカーを見ながら、大きな木のドアの向こうにあるものに思いをはせた。新しい住人が、この呪《のろ》われた屋敷にあたしを引きずりこんでくれたらいいのに！

もう一度ノックをして待った。ひたすら待った。

そして再びノック。強く何度も何度も。手が痛くなってきた。やっと鍵《かぎ》がはずされてドアが開く音が聞こえ、あたしの目の前に現れた。ミスター怪奇《かいき》が。

ひょろりと背が高い。顔と手の雪のような白さが、黒い執事《しつじ》の服と強烈《きょうれつ》なコントラストを見せている。完全なスキンヘッドは髪の毛が抜けてそうなったというより、もとから1本も生えてなかった感じ。怪獣《かいじゅう》のようなみどり色の目玉は飛び出していた。

「わたくしどもにお菓子はもうないのです、お嬢《じょう》さん」

あたしをじっと見下ろしながら低い声で言った。外国語のなまりがある。

「ほんとに？　でも何かしら残ってるはずよ。ピーナツバターキャンディは？」

必要最低限しかドアを開いていないので、ミスター怪奇の背後の様子はぜんぜん見えない。屋敷の中はどんな雰囲気《ふんいき》なんだろう？　４年前忍《しの》びこんだときからどう変わったの？　〝わたくしども〟ってだれ？　屋敷の中に、こちらを見つめる人影《ひとかげ》がぼんやり見えた気がした。

「ほかにもだれか住んでるの？」ずばり聞いた。「息子さんはいる？」

「わたくしに子どもはおりません、お嬢さん」

ミスター怪奇はドアを閉めはじめた。

「待って！」

あたしは思わず叫《さけ》んで、靴《くつ》でドアを押さえた。カボチャのバスケットに手をつっこんでスニッカーズとクモの指輪を引っぱり出した。

「ご近所になれてうれしいわ。あたしの好きなお菓子とハロウィーン・グッズよ。あなたも気に入ってくれるといいんだけど」

彼《かれ》はニコリともしなかった。でもクモの足みたいに細長い指の真っ白い手にプレゼントをのせると、ギクシャクとほほえんだ。ヒビ割れみたいに開いた口もとから、細い歯がのぞく。飛び出した目玉がきらりと光った気さえした。

「またね！」

あたしはそう言うと、踊《おど》るように階段をおりた。

ミスター怪奇に会えた！　町のみんなが彼からお菓子をもらったと言うだろうけど、プレゼントをあげた人はあたしのほかにいない。

前庭の芝生《しばふ》でくるくるダンスしながら、大きな屋敷を振《ふ》り返《かえ》った。屋根裏部屋の窓にこちらを見る人影が浮《う》かびあがっている。謎のゴシック少年？　ダンスをぴたりとやめて、じっと見つめ返した。でももう、だれもいなかった。黒っぽいカーテンがあるだけだった。

鉄の門を出ようとした瞬間《しゅんかん》、赤いカマロがカーブを曲がって近づいてきた。

「乗ってかない、お嬢ちゃん？」

トレヴァーだ。農民に扮したマットは運転席でくつろいでいる。

「知らない人としゃべっちゃダメってママに言われているの」

ピーナツクリームの入ったチョコをかじりながら、あたしは答えた。トレヴァーとケンカする気分じゃない。

「知らない人なんかじゃないだろ、ベイブ」

トレヴァーは車をおりて近づいてきた。すごくセクシーだった。もちろんあたしから見たらヴァンパイアはみんなセクシーだ。たとえニセ者でも。

「何に仮装したつもりなんだ?」トレヴァーが聞いた。

「バケモノよ。わからない?」

冷静さをたもとうとしてたけど、彼は複雑な表情を隠せないでいた。あたしはトレヴァーに〝ノー〟と言った唯一《ゆいいつ》の女の子だから。

「それで〝悪魔《あくま》の棲《す》む家〟にはひとりで来たのか?」

ぎろりと見おろされて、ゾクゾクした。ドラキュラのマントが最高に似あってる。

あたしはだまってた。

「ヴァンパイアとキスしたことはないだろ」

プラスチックの牙が月光にきらめいた。

「じゃ、ヴァンパイアを見つけたら知らせて」

言い捨てて歩きはじめた。

トレヴァーがあたしの腕《うで》をつかんだ。

「トレヴァー、ちょっとやめてよ」

ぐっと引き寄せられる。

「こっちはテニス選手とキスしたことがないんだ」

あたしがクサいせりふに大笑いすると、彼はキスしてきた。くちびるをすっぽりおおわれ、プラスチックの牙が刺《さ》さる。でもあたしは抵抗《ていこう》する気力がわかず、そのままさせておいた。芝生でくるくる踊っていたせいで、頭がまだぼうっとしていたんだろう。

トレヴァーがやっとくちびるを離して息をした。

「さあ、これで初めての経験ができたじゃない!」身を離して言った。「農民のマットがお待ちかねよ!」

「おれは収穫《しゅうかく》ゼロなんだよ」

トレヴァーはあたしのバスケットを指さして言うと、スニッカーズをひとつ奪《うば》った。

「ちょっと、それはあたしの好物なの！　ピーナツバターキャンディにしなさいよ」

トレヴァーはニセの牙でスニッカーズにかぶりついた。カスがぼろぼろと地面に落ちる。チョコとキャラメルがしたたる。あわてて奪い返そうとした腕を、トレヴァーがつかんだ。バスケットの中のお菓子がそこらじゅうに散らばった。

「なんてことするの！」あたしはどなった。

トレヴァーは両手にお菓子をつかむと、ポケットに押しこんだ。芝生に残っているお菓子を探したけど、あったのはどうでもいいM&Mに折れたキットカットくらいだった。

「おれとカップルになりたいんだろ？」

人がひと晩かかってかせいだ戦利品でポケットをパンパンにふくらませて、トレヴァーはあたしを抱《だ》き寄《よ》せた。

「おれの彼女になりたいんだろ？」

それからとうとつにあたしをつき離すと、屋敷へ向かって歩きだした。

「本物のキャンディをいただきに行くとするか」

こんどはあたしがトレヴァーの腕をつかんだ。玄関に立たせたりしたら、何をしでかすかわからない。

「もうさびしくなったのか？」

あたしが逃《に》げ出《だ》さないことに驚《おどろ》いているみたい。

「この家にお菓子はもうないわ」

「だったら、それを確かめてやるさ！」

「明かりが消えてる。みんな寝《ね》たのよ」

「こうすりゃ目を覚ますさ」

トレヴァーはなんと、マントの下からペンキのスプレー缶《かん》を取り出した。

「正しいデコレーションのやり方を教えてやる！」

「ダメよ、トレヴァー。やめて！」

屋敷に向かって歩きつづけるトレヴァーのあとを追った。彼はこの町で真の美しさを持ったたったひとつのものをメチャクチャにしようとしていた。

「ダメ！」あたしは涙声《なみだごえ》だった。

トレヴァーは缶のふたをはずして、振《ふ》った。

腕にしがみつこうとしても、振り払《はら》われてしまう。

「なんて書いてやろうか……《ご近所へようこそ！》なんてのはどうだ？」

「やめて、トレヴァー、ダメだったら！」

「それとも《ヴァンパイアはお客様をお待ちしております！》とか。きみの名前をサインしとこう」

落書きをするばかりか、あたしに罪を着せようとしている。トレヴァーはもう一度缶を振って、屋敷にペンキを吹《ふ》きつけはじめた。

あたしは足もとのテニスラケットを拾うと、思いきり後ろへ引いた。パパとはよく試合をしたけど、こんなに勝ちたいと思ったのは初めてだ。ボールのようにペンキが詰《つ》まったアルミの缶を見すえて、力いっぱい打った。はじき飛ばされた缶は、ぐんぐんと遠ざかっていった。そして試合のときと同じように、ラケットもあたしの手からすっぽ抜けて飛んでいった。トレヴァーが世界じゅうに聞こえるような、すさまじい悲鳴をあげた。あたしの一撃《いちげき》は缶よりトレヴァーの手にダメージをあたえたらしい。

突然《とつぜん》玄関の明かりがついた。がちゃがちゃと鍵がはずされる音が聞こえた。

あたしはいままで感じたことのない何かを感じとって、逃げだそうと身構えた。何者かの気配《けはい》。振り返って、息をのんだ。恐怖《きょうふ》で呼吸を忘れた。身体が凍《こお》りついた。

そこには彼が立っていた。ミスター怪奇ではない。ゴシック少年だ。ゴシックのプリンス。彼はあたしの目の前に立っていた。まるで夜《ナイト》の騎士《ナイト》みたいに。

豊かな黒髪が肩《かた》にかかっていた。黒い瞳《ひとみ》は深みがあって愛らしくさびしげで、真摯《しんし》で知的で、夢見るようにきらきらしていた。暗い魂《たましい》へとつながる入り口。彼のほうも立ち止まったまま動かなかった。だまってあたしを見つめている。顔色はふだんのあたしと同じくらい血の気がない。身体にぴったりとした黒いTシャツのすそをブラックジーンズに入れている。ジーンズのすそはめちゃめちゃおしゃれなパンク調のミリタリーブーツの中。

彼のことは知りたいけど、いまはつかまるわけにはいかない。あたしは猛然《もうぜん》と走りだした。

今夜はテニスシューズを履《は》いていて正解だった。トレヴァーがどなる声が聞こえた。

「てめえは人間じゃねえ！　よくも手を折ってくれたな！」

開いていた門を走り抜けて、待機していたカマロに飛び乗った。

「うちまで送って！」あたしは叫んだ。「早く！」

マットは予想外の乗客に、あっけにとられた。見つめる目が、無言の拒否《きょひ》を表してる。

「早く車を出して！　出してくれなきゃ警察に電話する。巻きこまれてもいいの？」

「警察？」マットは思わずうめいた。「トレヴァーめ、なんてことしてくれたんだ！」

怒りくるったトレヴァーが走ってくるのが見えた。マントが風にひるがえっている。もう少しで門まで来る。ゴシック少年は動かずに、まっすぐにじっとあたしを見ていた。

車は発進した。やがて屋敷も不思議な住人たちの姿も見えなくなった。

「ハロウィーンおめでとう」

あたしはマットに言って、ほっとため息をついた。

8 トラブル大好き

歴史の授業に向かう途中、前をトレヴァーが歩いているのに気づいた。校舎の中にいるのに変なかっこう——右手にゴルフの手袋《てぶくろ》をはめている。

「新しいファッションの提案?」

追いついてからかってやった。

「サッカーは手を使わないから助かったじゃない!」

トレヴァーはあたしを無視して、教室へもくもくと歩いていく。

「落書きの集会があっても、しばらく出られないよね」あたしはおどけた。

トレヴァーは立ち止まり、冷たい視線をあたしに向けた。でもすぐに無言のまま、また歩きだした。

ズキッとした。この痛みは、たぶんトレヴァーの手より強い。

「無事に家にたどり着けたみたいね」あとを追いかけて話しつづけた。「マットがすごく親切にしてくれたの。完璧《かんぺき》な紳士《しんし》よね！」

あたしには全部わかっていた。自分がトレヴァーのプライドもガールフレンドも奪《うば》ったということを。そして親友のマットにまで彼《かれ》を裏切るよう仕向けた。

ほとんど申しわけない気分になりかけていたあたしを、トレヴァーは足を止めて見返した。怒《いか》りで爆発《ばくはつ》寸前って感じ。でもあたしは校長室の秘書に話しかける来客に気を取られてた――ミスター怪奇《かいき》！ まぶしい蛍光灯《けいこうとう》の光に青白い顔が浮《う》かびあがっている。グレーのロングコートがやせた身体をすっぽりおおっている。そして白い骨ばった手に、パパのテニスラケットを持っていた。

いきり立つトレヴァーを壁《かべ》に押しつけて、盗《ぬす》み聞《ぎ》きの態勢をとった。

「何しやがる!?」トレヴァーがもがいて抵抗《ていこう》する。

「静かに！ あの屋敷《やしき》の執事《しつじ》よ！」声をひそめて言って指さした。

「それがどうした」

「あたしたちを探してるのよ！」

「探せっこないだろ？　真《ま》っ暗《くら》だったんだぞ。バカ女！」

「見られたんだって！　たぶん芝生《しばふ》でスプレー缶《かん》を見つけたのよ。あんたが何書いたか知らないけど、壁に落書きしたじゃない！　それに、あのラケットを持ってる！」

「クソ、おまえがたたいたりしなけりゃ、こんな面倒《めんどう》なことにはならなかったんだ」

「シーッ！　いいからおとなしくして！」

「ラケットを置いていっていただければ、生徒たちに広報しますわ」

ミセス・ガーバーが応対している声が聞こえる。

「その女子生徒ですが、どんな服装をしてたとおっしゃいました？」

「テニスウェアでございました」

「ハロウィーンに？」

ミセス・ガーバーは笑って、ラケットに手に伸《の》ばした。

しかしミスター怪奇はわたさなかった。

「これはいまのところ、こちらで預からせていただきます。持《も》ち主《ぬし》さえ見つけていただければ、どこへ行けば取りもどせるのか本人がわかっていることでしょう。ではご機嫌《きげん》よう」

そう言っておじぎをしたミスター怪奇のペースに、ミセス・ガーバーはすっかり巻きこまれていた。

あたしは何がなんだかわからないまま、トレヴァーをテディ・ルーズヴェルトの像の後ろに引っぱってきた。

「これはわなだわ」

グローブをはめたトレヴァーの手を強く握《にぎ》りしめて言った。

「屋敷に行ったら、警察が手錠《てじょう》を持って待ちかまえてるんだ！」

玄関《げんかん》へ向かって不気味《ぶきみ》に歩くミスター怪奇に、生徒たちの目は釘《くぎ》づけだった。あたりを見まわしている。あたしたちを探しているのだ。

「あの人、証拠を手放さない気よ。２００ドルのラケットを」

トレヴァーに耳打ちした。

「ああ、証拠はある」彼が言った。「おまえに不利な証拠がな！」

「あたし？　指紋《しもん》がそこらじゅうに残ってるのはあんたよ。顔だって見られてるし」

「おれは走ってるところを見られただけだ。あの男はおまえを追ってるんだ。お菓子《かし》がなくなったと聞いてキレたおまえが、ペンキを吹《ふ》きつけた。そしてその物音を聞かれた。明かりがついたとたん逃《に》げだして、ラケットやお菓子を落とした」

「あたしのせいにする気？　信じられない！」

「安心しろ、この程度で刑務所《けいむしょ》送りにはならねえよ。イカれた執事に思いきりケツをたたかれるくらいのもんさ」

あたしは自分がやらかしたことで、いままでにもうじゅうぶんトラブルに巻きこまれていた。自分がしてもいないことで、おしおきされるなんてイヤだ。

トレヴァーはあたしを置いて、教室に向かって歩きはじめた。

あたしは急いで追いついた。

「何かあったら、うんと恥《はじ》かかせてやるから！」

「なあバケモノ、みんなどっちを信じると思う？　サッカーのスター選手と、友達がひとりしかいないゴシック女と。かたや学校の自慢《じまん》の生徒、かたや教室より校長室にいる時間のほうが長いはみだし者だぜ」

「ラケット弁償《べんしょう》しなさいよ！」

叫《さけ》んでもむだだった。トレヴァーはぶらぶらと歩き去った。


わかっていた。トレヴァーは〈ヌード事件〉の復讐《ふくしゅう》をしているのだ。あいつのせいで、あたしはパパお気に入りの高級ラケットをなくしてしまった。もっと重大なのは、町で唯《ゆい》一《いっ》あたしを理解し、友達になってくれそうな人たちに敵だと思われてしまったことだ。なのにトレヴァーのせいで、いまの屋敷は板で封鎖《ふうさ》されていたころより近寄りがたい場所になってしまった。

9 地獄《じごく》みたいな日々

「なんだって？」

パパが夕食のテーブルで大声を出した。あたしがラケットをなくしたと白状したからだ。

「あのね、正確に言うとなくしたわけじゃないの。手もとにないだけ」

「どこにあるのかわかってるなら、取り返してくるんだ」

「それがいまはちょっと無理なのよ」

「明日は試合なんだぞ！」

「ごめんなさい。でも……」

「今回は〝ごめんなさい〟じゃすまない。あのラケットがなければ明日の試合には勝てないんだ。そもそもきみに貸したパパがバカだった！」

「でもね、パパ、パパだってヒッピーをやってた10代のころはまちがいをしたでしょ！」

「ちゃんとツケは払《はら》った！　だからきみもラケットをなくしたツケを払いなさい！」

あたしの銀行口座の残高は約5ドル。それはパパも知ってる。

それからパパが吐《は》いた言葉は、あたしの頭の中でガンガン鳴《な》り響《ひび》いた。ムカついて目まいがしてきた。バクハツして、くだけ散り、100万個の不幸なかけらになるかと思った。

「働きなさい！」パパは言いわたした。「仕事をすれば責任感も生まれる」

「外出禁止とかじゃダメなの？　何年も口をきかないとか？　テレビで有名人がそういう親の話をよくしてるじゃない。お願い、パパ！」

「ダメだ！　この話はおしまい！　自分で見つけられないなら、パパが職探しを手伝ってやる。だが働くのはきみ自身だ」

あたしは自分の部屋にかけこんで、オタクボーイが赤《あか》ん坊《ぼう》だったときみたいにわんわん泣いた。

ベッドで泣きながら、12歳のとき高校生のジャック・パターソンとしたように屋敷《やしき》に忍《しの》びこめたらいいのにと妄想《もうそう》した。そしてラケットを取り返すのだ。

でもわかっていた。あたしのお尻《しり》はあのころに比べて少し大きくなった。入り口に使った窓も取《と》り替《か》えられている。新しい住人はきっと警備システムを完備しているはず。どっちにしろ、あんなにたくさんの部屋やクローゼットから、ラケットをどうやって探すの？　必死に探しているうちに、確実にミスター怪奇《かいき》につかまるだろう。

このときあたしは、自分がヴァンパイアだったらいいのにと心から願った。ドラキュラが仕事をしているなんて話は聞いたことがない。

✝

コネクション、コネ。パパがスティーヴン・スピルバーグやエリザベス女王と知り合いだったら、どんなにすばらしかっただろう。でも現実にパパがコネを持っていたのは、〈アームストロング・トラベル〉のジャニス・アームストロング。ちっともうれしくない。

放課後、週3日の勤務。ハキハキした声で電話に出る。目がつぶれそうなまぶしい光を浴びながら、チケットのコピーを取る。4回目のヨーロッパ旅行を計画するヤッピーと会話する――その全部よりたちが悪いのが、完全にコンサバな服装規定だった。

「申しわけないけど、それは脱《ぬ》いでもらわないと……」

ジャニスが面接で最初に目をつけたのは、あたしの靴《くつ》だった。

「そういうの、若い子はなんて呼んでるの？」

「ミリタリーブーツです」

「うちは陸軍じゃないわ。それから口紅を塗《ぬ》るのはいいけど、かならず赤にしてね」

「赤？」

「でも濃《こ》さは自分できめていいのよ」

なんて心が広いの、ジャニス！「ピンクはどうですか？」

「ピンクならばっちりよ。それからスカートをはいてきてね。短すぎるのはダメよ」

「赤いスカートですか？」いちおう聞いた。

「いいえ、赤でなくてもいいのよ。みどり色でも青でも」

「色の濃さは自由ですよね？」

「もちろんよ。あとストッキングは……」

「黒は禁止？」

「ダメなのは伝線」

あたしの爪《つめ》を見つめてさらにつづける。「マニキュアも」

「黒はダメだけど、赤系ならどんな色でもいいんですよね。ピンクならばっちり」

「よくできました」ジャニスは晴れやかに笑った。「もうなじんでるじゃない！」

「ありがとうございます。自分でもそう思います」

立ち上がりながら言った。時計を見ると、面接は15分ですんでいた。しかし感覚的には1時間。この仕事が拷問《ごうもん》となることは約束された。

「じゃあ明日待ってるわ。4時にね、レイヴン。ほかに質問は？」

「面接を受けた分のお給料は出るんですか？」

「ユーモアセンス抜群《ばつぐん》なのね、あなたとは気が合いそうよ」

ダルスヴィルのビジネス界の一員としてきちんと溶《と》けこめるように、ママがおそろしく明るい色のOLウェア一式を買ってくれた。でも紙袋《かみぶくろ》から引っぱり出して値札を見たとたん、あたしは衝撃《しょうげき》を受けた。

「ゲッ！　この服の値段、全部足したらラケットより高いじゃない！　その分のお金をとっておいてくれたらよかったのに」

「そういう問題じゃないの」

白いブラウスと青いひざ丈《たけ》スカートをしぶしぶ着る。ママの目は、〈こういう娘《むすめ》がほしかった〉と物語っていた。

「自分がホルターネックに三つ編みして、ベルボトムをはいてたの忘れちゃったの？」思わず聞いた。「あたしの着てるものだって、いまの時代に置きかえれば似たようなものよ」

「ママはもうあのころの小さな女の子じゃないのよ、レイヴン。それに何より、どす黒い口紅なんか絶対塗らなかった。ナチュラル志向だもの」

「ああ」あたしは答えて、目玉をぐるりとまわしてみせた。

「10代って難しい年ごろよね。でも最終的には本当の自分が見つかるはずよ」

「自分がどういう人間かなら知ってる！」

「もう、この子ったら」ママはあたしをハグしようとした。「10代のころって、だれも自分をわかってくれないって思うものなの。世界じゅうが敵みたいに思えるのよ」

「ちがう。敵はこの町だけ。ママ、世界じゅうが敵だと思ったら、頭がおかしくなっちゃうよ！」

ママはあたしを強く抱《だ》きしめた。こんどは身をまかせてあげた。

「愛してるわ、レイヴン」

子どもをあやす母親独特の口調だった。

「黒を着たあなたもすてきだけど、赤を着るととびきりよ！」

とにかく放課後のバイトを回避《かいひ》する道はなかった。午後を全部、仕事に取られてしまっては屋敷の偵察《ていさつ》をするのは無理だった。あたしはドライクリーニングしかできないOLウェアを学校に運びこんで、ロッカーにきちんとしまった。帰るときに着がえるためだ。午後の自由を奪《うば》われて、あたしは深く絶望していた。

「あの男の子、なんで学校に来ないのかな?」

帰りじたくをしながら、ベッキーに聞いてみた。

「まだ手続きしてないんでしょ」

「このバカげたバイトさえなければ、いますぐ飛んでいって偵察できるのになあ!」

ベッキーがうらやましかった。家へ帰って、レンジで作るポップコーンとケーブルテレビの世界にどっぷりハマれる。いっぽうあたしは学校の机から、受付カウンターへ直行だ。

ベッキーと別れたあと、こっそりトイレに入って、ウェットティッシュで黒いリップを落とした。代わりに超《ちょう》ツヤツヤの赤い口紅を塗る。青白い顔が本物の幽霊《ゆうれい》のよう。レーヨンとコットン素材の真《ま》っ赤《か》なブラウスを、仕方なく着た。

「お別れがつらいよ。でも何時間かしたら、また会えるから」

黒いドレスとミリタリーブーツにそう告げて、紙袋にしまった。

鏡で自分の姿をチェックした。ヴァンパイアだったら都合《つごう》がよかったのにと、また思った。そうすれば鏡には何も映らない。自分を見なくてすむ。でも現実には、赤いレーヨンを着たみじめな女の子がひとり、しょぼくれて立っていた。

道路を横断するときみたいに右左と様子をうかがって、こそこそとトイレを出た。玄関《げんかん》を無事脱出《だっしゅつ》できた……と思ったら。

トレヴァーが階段のところに立ってた。

しまった！と思ったけど、無視して通り過ぎた。走りたかったけど、慣れないピンヒールを履《は》いている。

「おい、ハロウィーンは終わったぞ！」

トレヴァーは大声で言って、あとを追ってきた。

「テニスコートはどうした？　今日は秘書がテーマの仮装パーティーかよ？」

あたしは無視をつづけたけど、腕《うで》をつかまれてしまった。

バイトのことを知られてはならない。何より知られたくないのは、トレヴァーのせいでなくしたパパのラケット代をかせぐために働くという事情だ。彼《かれ》を喜ばせてしまう！

トレヴァーはあたしの姿をじろじろながめた。テニスウェアを着たあたしを初めて見たときと同じ目つきだ。こんどは彼の理想のＯＬ像ってとこだろうか。

「で、どこに行くんだ？」

「関係ないでしょ！」

「いっしょに歩こうぜ」

あたしは足を止めた。

「まっぴらよ！　ついてこないで！　ほっといてよ！　永遠に！」

「いつもの自信満々なおまえとちがうな」トレヴァーは言った。「ヘアスタイルがきまらなかったのか？　そんなの毎度のことだろ」

「トレヴァー、ゲームオーバーよ。あんたとあたし、それぞれ勝った！　だからもういやがらせはやめて。引き分けよ。永遠に勝ち負けなし。いい？　とっとと消えて！」

あたしがダッシュしたら、走ってあとを追ってきた。

「おれたち別れるのか？　つきあってるなんて知らなかったぜ、ベイビー」

ふざけた調子でからんでくる。

あたしは早足で校門を抜けると、小走りで歩道を進んだ。〈アームストロング・トラベル〉までは5分かかる。

「きみなしじゃ生きられないよ！」

トレヴァーは追いついて、わざとらしく言った。

「黒いバラをプレゼントしなかったから怒ったのかい？　埋《う》め合《あ》わせするからさ」

ゲラゲラ笑いながら大声で叫《さけ》ぶ。

「捨てないでくれって、ベイブ！」

「いいかげんにして！」

ブチギレた。たぶんこいつの尻ポケットには200ドルくらい入ってる。あたしはといえば、こいつのせいで、不本意な職場で働かなくてはならないのだ。

「どこに行くのか教えろよ！」

「だまれ、トレヴァー！　あっち行って！」

「デートか？」

トレヴァーはあきらめなかった。

「ついてこないで！」

「インタビューでも受けるのか？　『インタビュー・ウィズ・ヴァンパイア』か？」

「目の前から消えて！」

「もしかして……バイトか？」

あたしの足はぴたりと止まってしまった。「まさか！　頭おかしいんじゃないの？」

「図星《ずぼし》か！　バイトだな！」

トレヴァーは小おどりした。

「えらいぞ。おれのかわいいゴシック・ベイビーがバイトを見つけたなんてな！」

はらわたが煮《に》えくりかえった。

「生きがいを求めてか？　それともおやじさんにあのこじゃれたラケットを弁償《べんしょう》するためとか？」

ぶんなぐってやる。こんどはスプレー缶《かん》じゃなくて、生首を遠くにブッ飛ばしてやる。

ちょうどそのときマットが車を寄せてきた。

「よお、トレヴァー、階段で待ってるって言ったじゃないか。おまえを探して町じゅうを流すほどこっちもヒマじゃないんだ。行こうぜ」

「よかったわ。ベビーシッターさんが無事見つけてくれて」あたしは言った。

「職場まで送ってもいいけど、用があるもんでね」

トレヴァーはもったいぶって言った。

カマロが走り去ったあと、腕時計《うでどけい》を見た。お見事！　バイト初日にして、遅刻《ちこく》だった。

10 ワーキング・ゴール《働く邪鬼》

ビッグ・ベンにエッフェル塔《とう》、ハワイの夕日。アームストロング・トラベルの受付カウンターの後ろには、そんな光景がドカンと広がっている。特大ポスターはダルスヴィルの外にも人生があることを思い出させてくれるけど、現実はそんなワクワク感とはほど遠い。

会社生活でただひとつワクワクさせてくれるのは、ゴシップだ。なんと、あの屋敷《やしき》の一家の目撃談《もくげきだん》が流れはじめたのだ！

仕事のパートナーの陽気なルビーは、つねに最新ニュースを教えてくれる。

「だんなさんが何の仕事をしてるのか、いまだに謎《なぞ》なのよ」

ちなみに〝だんなさん〟とは幽霊《ゆうれい》屋敷一家の主人のこと。

「でもお金持ちなのははっきりしてるわ。執事《しつじ》が毎週土曜日夜8時きっかりに、〈ウェクスラーの店〉に食料品の買い出しに来るんだって。クリーニングの引き取りは火曜日。ダークスーツや、黒いマントばっかり。奥《おく》さんは背が高くて色白で、40代なかば。黒いロングヘアで、いつも真っ黒なサングラスをかけてるっていうのよ」

まるでヴァンパイアよね――ルビーはそうしめくくった。あたしがどんなに興奮してるかには気づいてない。

「夜にしか姿を見せないのよ。妖怪《ようかい》みたいで、雰囲気《ふんいき》も暗くて、見るからに不気味《ぶきみ》なんですって。家に入ったお客はいないそうよ、ひとりも。何か隠《かく》してるのかしら?」

あたしはルビーの話をひとことも聞きもらすまいと耳をすませた。

「越《こ》してきてから1カ月以上でしょ」ルビーはつづけた。「なのに壁《かべ》の塗《ぬ》り直《なお》しも草刈《くさか》りもいっさいやってないなんて!」

ボスのジャニスは笑いころげて、電話が鳴っても出ない。

「ご近所にどう思われるか考えないのかしら?」

「こんなうわさも聞いたわ」

ルビーが口を開いた。

「奥さんが〈ジョージのイタリアン・ビストロ〉に行って、おすすめ前菜を注文したんだけど……なんと〝ニンニク抜き〟！　ナタリーが息子《むすこ》さんのトレヴァーから聞いた話では」

《それがなんなの？》とあたしは思った。あたしは満月が好きだけど、それがオオカミ人間だって証拠《しょうこ》になる？　それにトレヴァーの話なんて信用できない！

入り口のブザーが鳴って、新しいお客が来店した。なんとゴシップのネタそのものの。

ミスター怪奇《かいき》だ！

「奥でやらなくちゃいけないことがあるから」

あたしは、ガリガリ男に目が釘《くぎ》づけになってるルビーに耳打ちした。

それから猛《もう》ダッシュでその場を逃《に》げ、コピー機の後ろに身を隠すまでけっして振《ふ》り返《かえ》らなかった。でも本当は、落書き事件についてあやまりたかった。ミスター怪奇が見てきた世界の様子を聞きたかった。冒険《ぼうけん》や旅行の話を聞かせてほしかった。でもそれはできない。

仕方なくコピー機のかげに縮こまって、自分の手のひらのコピーを取った。

「ブカレスト行きのチケットを2枚手配していただきたい」

ルビーのデスクの前にすわったミスター怪奇の声が聞こえた。

あたしは首を伸《の》ばしてやりとりを観察した。

「ブカレストですか？」ルビーが聞く。

「さよう。ルーマニアのブカレストです」

ルビーがパソコンを操作しながらたずねた。

「2枚ともエコノミーでよろしいですか？」

「いや、ファーストクラスをお願いしたい。フライトアテンダントの方々に血のように赤いワインを給仕《きゅうじ》していただければ、スターリングご夫妻はいつだってご機嫌《きげん》ですからな！」

なまりの強い発音でそう言うと、笑い声をあげた。

ルビーがおどおどしながら愛想笑《あいそわら》いをしている。あたしは奥で声を殺して笑った。

ルビーは航空機の時刻表を取りにいくと、一部を彼《かれ》にわたした。

「近ごろのチケット代の高さには、血がにじむような思いがしますな！」

ミスター怪奇はまた笑って、サインをしている。

これはおもしろいことになってきた！

ルビーはクレジットカードを読み取り機にかけながら、さらにたずねた。

「お客様はごいっしょにいらっしゃらないんですか？」

情報を引き出そうという魂胆《こんたん》ね。その調子よ、ルビー！

「いえ、坊《ぼっ》ちゃまとわたくしは留守番《るすばん》です」

坊ちゃま？　例のゴシック少年のこと？　それともちっちゃな男の子がいるの？

「ご一家には、息子さんがいらっしゃるんですの？」ルビーが聞いた。

「あまり外出なさらんのです。部屋に閉じこもって、やかましい音楽を聴いてばかり。17歳《さい》とはそんな年ごろです」

17歳？　ほんとにそう言った？　17歳？　なんで学校に来ないんだろう？

「ずっと家庭教師がついています。この国の言葉でいえば〝ホームスクール〟ですな」

ミスター怪奇があたしの心を読んだように答えた。〝ホームスクール〟といっても教室はお屋敷！　ホームスクールで教育された人間は、ダルスヴィルでは過去ひとりもいない。

「17歳？」

ルビーが蒸し返した。意外と口が軽い執事から、さらに情報を聞き出そうとしている。

「ええ17歳……もうすぐ100歳というところでしょうか」

「おっしゃりたいこと、わかります」ルビーが口をはさんだ。「うちの娘《むすめ》も13になったばかりですけど、なんでもかんでもわかった気になっちゃって！」

「前にも人生をやったことがあるような態度です。この感じ、わかっていただけますか？」

ミスター怪奇は激しく笑いすぎて、とうとうせきこんでしまった。

「ほかにご入用なものは？」

「町の地図をいただきたい」

「ここの町ですか？」

ルビーは聞いて、吹《ふ》き出《だ》した。

「ちょっと用意がございませんわ……もっとエキサイティングな場所の地図のほうがよろ

しいんじゃないですか？　ここには広場とトウモロコシ畑くらいしかありませんし」

ルビーはそう言って、ギリシャの地図をさし出した。

「ここはわたくしくらいの年の男にはエキサイティングですよ、ありがとう」

ミスター怪奇はニヤッと笑った。

「広場を見るとヨーロッパの故郷の村を思い出しますな。もう何世紀も見ておりませんが」

「何世紀も？」

ルビーが好奇心《こうきしん》むき出しで聞き返す。

「だとしたらお若く見せるのがとてもお上手《じょうず》だわ」

言い方が色っぽい。老人から情報を引き出すのに、ルビーほどの適任者はいない。その気にさせる天才なのだ。

ミスター怪奇の顔色も白ワインから、いまやすっかり濃《こ》い赤ワインへと色づいていた。

「ご親切に。心のやさしい女性だ」

つるつるのスキンヘッドを赤いシルクのハンカチでしきりにふいている。

「どうもありがとう。お世話になった」

ミスター怪奇は帰りじたくをはじめた。

「楽しかった。すてきな方とすごせて」

骨ばった手でルビーの手を握《にぎ》ると、ヒビ割れスマイルを浮《う》かべた。

ミスター怪奇は立ち上がると、あたしをまっすぐに見つめた。見覚えがあるのを確信した目つきで、全身に視線を走らせる。とっさに後ろを向いて、自分の手を写した13枚のコピーをかき集めた。そうしているあいだも冷たい視線は突《つ》き刺《さ》さった。

扉《とびら》が閉まる音を聞いて、やっと振り返ることができた。正面のガラスウィンドウから、遠ざかっていくミスター怪奇の後ろ姿をながめた。寒気で身体がブルッとふるえる。最高の気分だ。

その日は時間がたつのが早かった。気づいたときには6時を過ぎていた。

「あら、残業代を払《はら》わなくちゃダメね！」

あたしが黒いバッグを肩にかけると、ルビーが言った。

エルヴァイラかドラキュラの花嫁《はなよめ》になれないなら、ルビーになりたい、と思う。彼女はあたしと正反対。ファッションは全身白。白いエナメルのニーハイブーツに、身体に密着した白いエナメルドレス。白いタイトなパンツスーツに、白いハイヒールを合わせる日もある。ホワイトブロンドのボブのウィッグを着けて、つねにメイクをチェックしてる。コンパクトも真っ白で、イニシャルの〝R〟が赤いラインストーンでかたどられてる。ときどきお店につれてくるペットのプードルも真っ白だ。たずねてくるボーイフレンドはひとりじゃないし、すごくモテる。

あたしはルビーのデスクに歩み寄った。白いクリスタルと天使のオーナメント、13歳の娘の笑顔の写真が飾《かざ》られたデスク。写真立てだって白いプラスチックだ。

「ルビー?」

白い革のバッグをかきまわしている彼女に声をかけた。

「なあに?」

「気になってることがあるんだけど」

あたしはバッグのストラップをいじりながら切り出した。

「どうしたのよ？　まあすわって」

ルビーはジャニスのいすを隣《となり》へ引き寄せた。

「変な子だって思われるのはわかってるけど……信じてる？……ヴァンパイアって」

「あたしが？」

ルビーはクリスタルのネックレスを指でなぞりながら笑った。

「あたしっていろんなことを信じる人なのよ、ハニー」

「でもヴァンパイアがいることまで信じてるの？」

「いいえ！」

「そう」あたしはがっかりした顔を見せまいとした。

「だけどなんとも言えないわよ」

ルビーはのどの奥で笑った。

「妹のケイトはね、子どものころトウモロコシ畑で農夫の亡霊《ぼうれい》を見たって言いはってる。

デートのとき、相手の男の子が〝いま、空を銀色の何かが飛んでった〟って言いだしたこともあった。あたしのカイロプラクティックの先生は、関節に磁石を置くだけで患者《かんじゃ》を治しちゃうのよ。ある人にとっては絵空事《えそらごと》でも、別の人にとっては現実ってこともあるの」

あたしはルビーの言葉に聞き入った。

「それであたしがヴァンパイアを信じてるかどうかというと――」ルビーはつづけた。「答えはノー。でもロック・ハドソンがゲイだって話も、同じように信じてなかったわ。だからなんとも言えないでしょ？」

ルビーはゲイと公表した昔のイケメン俳優の名前を出して、白く輝《かがや》く笑顔を見せた。

あたしは笑いながら扉へ向かった。

「レイヴン、あなたは何を信じる？」ルビーが後ろから声をかけてきた。

「あたしが信じるのは……自分でつきとめた真実！」

11 不可能なミッション

「ミッション開始よ！」

大きな声で宣言した。夜の7時に来ていたベッキーは約束どおり、エヴァンス・パークのブランコに乗ってあたしを待っていた。

「これを聞いたら、絶対〝ウソ！〟って言うから！」

「トレヴァーのパンツをもう1枚持ってるとか？」

「トレヴァーってだれよ？　もっとぜんぜんすごい話！　世界がぶっ飛ぶくらい！」

「どういうこと？」

「幽霊屋敷《ゆうれいやしき》一家の情報をつかんだよ！」

「ヴァンパイアでしょ？」

「知ってるの？」

「町じゅう騒《さわ》いでるよ。服のせいでそう見えるんだって言う人も、ただの変人だって言ってる人もいる。ミッチェルのおじさんはうちの父さんに〝ジョージの店で食事をするのにニンニクを入れるな、なんて人間とは思えない〟って言ってた」

「ミッチェル家のやつらの話なんて。でもその情報は資料に加える価値があるかも。どんなに細かい情報も最重要なの！」

「あたしを呼び出した理由ってそれ？」

「ベッキー、信じてる？　ヴァンパイアって」

「信じてない」

「ほんとに？」

「ほんとだって！」

「それで終わり？　じっくり考えてみようともしないの？」

「そんな話なら電話でもよかったじゃん。せっかくチーズマカロニをおかわりしたのに、途中《とちゅう》で残してきたんだよ」

「メチャクチャ大事なことなの！」

「正気なの？　ヴァンパイアを信じろなんて」

「まあね……」

「レイヴンは信じてるわけ？」

「ずっと前から信じたいとは思ってる……来てもらったのは、ミッションの遂行《すいこう》に協力してほしいからなの。ほら、答えっていうのはうわさのなかにあるものじゃなくて、真実のなかにあるものでしょ。そしてその真実は屋敷の中にあるってわけ。毎週土曜の夜、例の不気味《ぶきみ》な執事《しつじ》が買い物に出るらしいの。ウェクスラー食品店に1時間くらい。車の中から見る限り、屋敷が警備システムを入れてる様子はない。うまくやれば、ゴシック少年は屋根裏部屋でマリリン・マンソンの怒《いか》りのロックでもがなってるはずよ。あたしの足音は聞こえないってわけ」

「足音って、何する気よ？」

「屋敷に忍《しの》びこんで、ヴァンパイアの証拠《しょうこ》を見つけるの」

「ずいぶん斬新《ざんしん》な発想ね」

「ありがとう」

「それであたしには、自分ちで電話を待っててねってことでしょ。無事に帰ったら、うちに電話をくれていろいろ報告してくれるんだよね？」

あたしはベッキーの目をじっとのぞきこんだ。

「ちがう。見張り番を頼《たの》みたいの」

「……わかってる？　あんたがやろうとしてるのは犯罪よ。本物の家宅侵入《しんにゅう》！」

「開いてる窓が見つかれば、ただふつうに入るだけ。計画どおりに進めばバレないって」

「あたしは遠慮《えんりょ》する……」

「遠慮しないで」

「無理だよ」

「無理じゃない」

「やらない」

「やるの!」

会話は止まった。

「やるの!」こんどはぴしゃりと言いきった。

命令なんてしたくない。でも仕方なかった。あたしはブランコをおりた。

「何かを盗《ぬす》もうって気はないの。共犯者にはしないから。でもメチャクチャとんでもない、すんごい発見をしたら、そのときはいっしょにノーベル賞を受賞しようね」

「土曜まで時間はあるよね?」

「そう。だからもっと情報を集めなきゃ。ベッキーだって……」

「断る理由を考えていいってこと?」

ベッキーの答えに、あたしはにっこりほほえんだ。

「ううん。チーズマカロニを全部食べていいってこと」

12　バイト終了

卒業式の日よりうれしいバイトの最終日。あたしは無事に200ドル（税を引いて）を手にした。親愛なるパパにぴかぴかの新しいラケットと、蛍光《けいこう》イエローがあざやかなテニスボールを買ってあげるのにじゅうぶんな金額だ。

バッグの中にはちゃんと小切手が入ってる。でもセーターを手にアームストロング・トラベルを去ろうとするあたしは、少し感傷的だった。ジャニスは陶器《とうき》のお人形を抱《だ》くように、あたしの身体に手をまわした。ルビーは力強く抱きしめてくれた。本物のハグだった。

ビッグ・ベン、エッフェル塔《とう》、ハワイの夕日に手を振《ふ》って別れを告げた。

「いつでも遠慮《えんりょ》なく遊びに来て」ルビーは言った。「ほんとにさびしくなるわ。レイヴン、あなたってほんとにユニークな子だったから」

「あなただって！」

ルビーはほんとにユニークな人だった。典型的なダルスヴィル町民とはちがう人間と仲良くなれたのはうれしかった。

「いつかあなたと同類のユニークな男の子ときっと出会えるわ！」

「ありがとう、ルビー！」

こんなにやさしい言葉を人からかけてもらったのは、生まれて初めてだった。


バイト代の小切手をナイトテーブルに置いて、幸せな気分のままベッドで丸くなった。刑期《けいき》は終わった。明日になったら小切手を現金化しよう。そして大いばりで、かせぎをまるごとパパにわたすのだ。でもやっぱり眠《ねむ》れなかった。ベッドに横たわったまま、ひと晩じゅう考えていた。あたしと同類の男の子って、どんな顔をしてるんだろう。

あたしはもう自分と同類の運命の人に出会っているのかな？

「何ニヤけてんだよ」

次の日ランチのあとトレヴァーに聞かれた。あたしはほほえまずにはいられなかったのだ。トレヴァーにさえ。そのくらいハッピーだった。

「仕事をリタイアしたの」あたしは明るく言った。「これからは趣味《しゅみ》の世界に生きるわ」

「マジかよ？　おめでとさん。でもキュートな秘書ファッションのおまえをすっかり見慣れちゃったからなあ。今後はおれだけのために、あれを着てくれよ」

トレヴァーはそう言って、すり寄ってきた。

「やめてよ」

どなりつけて突《つ》き飛《と》ばした。

「せっかくのいい気分をぶちこわさないで」

「そんなことするもんか」

トレヴァーは身を引いた。

「やりとげたおまえを誇《ほこ》りに思ってるぜ」

華《はな》やかな笑顔《えがお》。でも底にある悪意が見《み》え隠《かく》れする。

「リッチになってデート代もばっちりだろ。おれはホラー映画が見たいな」

「あんたみたいなお子ちゃまには無理かも。もう少し大きくなったらつれてってあげる」

あたしは大笑いして、歩きだした。トレヴァーは引き止めなかった。あたしはやつの思《おも》惑《わく》どおり、最高にいい気分を味わっていた。

✝

8時間目の授業がやっと終わった。ベッキーと待ち合わせをしているロッカーへと急ぐ。アイスクリームで1日の疲《つか》れをいやしながら、屋敷の偵察《ていさつ》計画を練る約束だ。あたしのロッカーの前に人だかりができている。ベッキーに止められたけど、あたしはそれを押しのけて、棒立ちの生徒たちをかき分け前へ進み出た。

あたしに気づくと、みんなが脇《わき》へよける。

ロッカーを見たとたん、あたしのハートは学校の床《ゆか》に落っこちた。銀色のビニールテープで扉《とびら》にはりつけられた1本のロープ。その先にあったのは、パパのテニスラケット！《ゲームオーバー！　おれの勝ちだ！》1枚のメモがそえてあった。

あたしの頭はぐるぐる高速回転をはじめた。ラケットはずっとトレヴァー・ミッチェルが持っていた。ミスター怪奇《かいき》が学校に来た日に、どうにかして手に入れたってこと？

身体が怒《いか》りでぶるぶるふるえた。ジャンジャン鳴る電話にファックスの山。ダルスヴィルを抜けだす人たちにあたしがわたしつづけた自由へのきっぷ。くだらない仕事の数々！全部、トレヴァーのせいで、やるはめになったってことだ！

ブーツの中に向かって思いきり叫《さけ》んだ。その声は廊下《ろうか》じゅうにとどろいた。

力まかせにラケットを引っぱると、ビニールテープがべりっとはがれた。その拍子《ひょうし》に、すでにぼろぼろだったロッカーのみどり色のペンキがはげた。

学校を飛び出したあたしは血に飢《う》えていた。

前庭の芝生《しばふ》で車を待っている生徒はまばらだった。裏へまわる。

トレヴァーは丘《おか》のふもとのサッカー場にいた。チームの輪の中心に立っていた。

全部トレヴァーがしくんだことだ。彼《かれ》はしんぼう強く待っていた。読んでいたのだ。あたしが追ってくるのを。怒りくるって、襲《おそ》いかかってくるのを。そして自分が「王」であることをあらためて仲間に示す気だ。誕生日の夜は失敗したとしても、その後ゴシック女をモノにした証拠《しょうこ》を、トレヴァーは仲間に見せつけたいのだ。

あたしの動きは速かった。血に飢えた怒りにつき動かされていた。丘の斜面《しゃめん》をかけおりてサッカー場に立った。13人のサポーターをしたがえた敵が、鼻高々の顔であたしをにらんでいた。全員あたしがえさに飛びかかるのを待っている。えさはトレヴァーだ。

サッカーバカたちを押しのけて、トレヴァーの目の前に立った。握《にぎ》りしめたパパのラケットが凶器《きょうき》だ。

「このときを待ってたんだ」

トレヴァーは認めた。

「あの日、気味悪い執事《しつじ》のじじいを学校が終わってから追いかけたんだ。あいつはラケットを自分で返したいと言ったけど、おれは彼氏《かれし》だからと説得した。がっかりしてたぜ」

「あたしの彼氏ですって？　吐《は》きそう！」

「おれのほうがもっと吐きそうだぜ、ベイブ。そっちはサッカープレーヤーとつきあうんだからいいけど、こっちはバケモノとデートだ！」

あたしはスウィングにそなえて、ラケットを後ろへ引いた。

「すぐに返してやろうと思ってたけど、あんまり楽しそうにバイトへ行ってたからさ」

「あたしの狙《ねら》いが的中したら、こんどはゴルフの手袋《てぶくろ》をはめるだけじゃすまないから！」

ラケットを振りおろすと、トレヴァーが後ろへ飛びのいた。

「おまえが追っかけてくるのはわかってたんだ。女はおれをほっとけないんだよ」

得意げに宣言する。

手下どもが大笑いした。

「でもあんただってあたしを追っかけまわしてるじゃない、トレヴァー？」

彼はきょとんとあたしを見つめた。

「友達に説明してあげなさいよ！　ほら、みんな集まってるわ！」

「何言ってんだ、バケモノ？」

トレヴァーの表情は戦闘《せんとう》意識むき出しだったが、この展開は予想していなかったようだ。

「つまり好きなんでしょ」あたしははにかみ屋の女の子みたいに言ってやった。

見物人がどっと笑った。あたしは、200ドルのラケットより威力《いりょく》のある武器を見つけた。〝屈辱《くつじょく》〟だ。体育会系を気取るサッカー野郎がゴシックオタクの女の子に恋をしている――これを宣伝するだけでも効果はある。でもそれ以上に、甘ったるい言葉は16歳《さい》のマッチョぶった少年に致命傷《ちめいしょう》を負わせるキメ技なのだ。

「頭おかしいんじゃねえの！」トレヴァーはわめいた。

「そんなにテレないでよ。かわいいんだから」

あたしはすまして言って、ゴールキーパーにほほえみかけた。

「トレヴァーはあたしが大好き。トレヴァー・ミッチェルはあたしが大好き！」

メロディをつけて口ずさんだ。

あたしはニヤけるサッカー野郎たちを見わたしてから、敵をじっと見つめた。「あんたはけっこう、露骨《ろこつ》だったね。もっと前から気づいてあげるべきだった」

そして声を張りあげて宣言した。

「トレヴァー・ミッチェル、あたしに恋をしてるのね」

サッカー少年たちはだれもあたしを攻撃《こうげき》しようとしなかったし、トレヴァーをかばおうともしなかった。次の展開がどうなるか、ひたすら見守っていた。

「あなたの友達のなかで、あたしをかまってくれる人なんて、ひとりもいない」そしてつづけた。「あたしのことなんてどうでもいいから。でもあなたはちがう。あたしが気になって仕方ない。だから毎日つきまとっては、ちょっかいを出す」

「狂《くる》ってる！　ヤク中のイカれた負け犬女。おまえの病気は治らない」

トレヴァーはマットに救いを求めたけど、マットは弱々しく笑って肩《かた》をすくめるだけだった。ほかの仲間から忍《しの》び笑《わら》いがもれた。

「手に入れたくてどうしようもないのよ」あたしはトレヴァーに向かって叫んだ。「でもあなたの女にはならない！」

トレヴァーがこっちへ向かってきた。いまにもなぐりかかりそうないきおいだ。パパのラケットを持っていてよかった。パンチをよける防具になる。

でも、なんと取り巻き連中がトレヴァーを引きとめた。マットがゴールキーパーといっしょにあたしの前に立った。イケメンのバリアを作ってくれたのだ。

ちょうどそのとき、ハリス先生がホイッスルを鳴らした。トレーニング開始の合図だ。マットにもほかの男の子たちにもお礼を言いそびれてしまった。《ほんと、楽しかったね。またいつかこんな風に遊ぼう》——そう伝えたかった気もする。丘をのぼるあたしは、勝利感でいっぱいだった。早くベッキーに話したくてうずうずした。

トレヴァーがあたしに恋してるって、ほんとに信じてたかって？　答えはノー。ヴァンパイアと同じくらい現実味がない。人気者の男の子は友達のいない女の子が好き。なんだかウソっぽい定説だけど、これがいい見本ね。大切なのは、みんなが信じたってこと。

あたしは晴れて解放されたのだ。

13 彼に夢中

あたしがトレヴァーをやりこめたのと同じころ、ゴシック少年の目撃《もくげき》情報が突然《とつぜん》町に流れはじめた。

「超《ちょう》かっこいいけど、あの幽霊屋敷《ゆうれいやしき》の一家って、すごく不気味《ぶきみ》な生活を送ってるんでしょ？」

代数の授業中、モニカ・ハーヴァースがジョージー・ケンドルにささやいた。

「その男の子、ほんとに地下牢《ちかろう》から出てきたの？」

「ええ。トレヴァー・ミッチェルが夜中、墓地から出てくるところを見かけたんだって。口から血がしたたってたらしい。トレヴァーが近づいたら、いきなり姿を消したって」

「ほんとに？　ねえトレヴァーとまたつきあいはじめたの？」

「まさか！　彼《かれ》はあのレイヴンって子が好きなんでしょ。でも聞いてよ。この前の金曜、あいつが映画館にいるのを見たの。ひとりだったわ。考えられる？」

「正気じゃないね。負け犬もいいとこ」ジョージーが言った。

「でしょ！」

あたしはすっかりイヤな気分になって白目をむいた。

夕食のあとに、ママに頼《たの》まれたソーダをセブンイレブンに買いに行って、ベッキーと会った。《私は双頭《そうとう》のヴァンパイアの赤ちゃんを産んだ》――タブロイド紙の大見出しが目に飛びこむ。

「きっとほんとのことだよね！」

ベッキーとあたしは小さな女の子みたいにキャッキャッと笑いあった。

振《ふ》り向《む》くと、ゴシック少年がすぐ後ろに立っていた。レジカウンターの下のチョコバーをじっと見つめている。

ロックスターみたいなサングラスをかけて、ロウソクを1パックかかえている。

「あなたってもしかして……」

息が詰《つ》まって小さな声しか出ない。セレブを見つけたときみたいに。

「次の方、どうぞ」

店員が彼をカウンターの前へ呼んだ。

ゴシック少年はあたしに気づいてもいなかった。もっと近づこうとしたら、ほかの客に押しのけられた。ジム通いに命をかけていそうな赤い髪《かみ》のおばさんと、日焼けマシン中毒のその友達だ。ゴシップ雑誌と外国製の水を買うらしい。

ゴシック少年はレジ袋《ぶくろ》を受けとると、店をあとにした。夕闇《ゆうやみ》の町に足を踏《ふ》み出《だ》すと、すぐにサングラスをはずした。

おばさんふたりは歩くゾンビでも見るみたいに、彼をおそろしげに見つめた。

「思い出したわ、フィリス」ジム通いのほうが小声で言った。「〈カールソン書店〉でもあの子を見かけた。なんて青白い顔！　太陽ってものがあるのを知らないのかしら？」

「読んでた本を見た？」

「ええ」ジム通いが記憶《きおく》を呼びもどす。「ベンソン・ヒルの墓地のことを書いた本よ！」

おばさんたちはあたしとベッキーみたいに笑いあっている。

「早くしてよ！」あたしはしびれを切らした。

ベッキーと駐車場《ちゅうしゃじょう》へ飛び出したけど、彼の姿はもうなかった。

その夜、わが家の夕食のテーブルも、うわさ話でもちきりだった。

「裁判所のジョン・ガーヴァーに聞いたんだ。スターリングはあの屋敷を買ったんじゃないそうだよ。相続したらしい」

パパが言った。

「ジミー・フィールズが聞いた話では、あの家族、ふつうの食べ物を食べないらしいよ。虫とか枝とかを食べるんだってさ」

オタクボーイがいかにもオタクっぽい口調でつけ加える。

「みんなどうしちゃったのよ？」あたしは喝《かっ》を入れた。

「あの人たちはただふつうとちがうだけ。法律を破ってるわけじゃないんだよ！」

「そうよね、レイヴン」ママも認めた。「でも控《ひか》えめに言っても、やっぱり変人よ。服の趣味《しゅみ》だってふつうじゃないし」

家族がいっせいにあたしを見た。黒いリップにマニキュア、黒く染めた髪、黒いストレッチドレス、黒くてごついプラスチックのブレスレット。

「ねえ、あたしの服もふつうじゃないよね。やっぱり変人だと思ってるの？」

「うん」家族の声がきれいにハモった。そしていっせいにどっと笑った。あたしも笑ってしまった。

でも心の底では悲しかった。だってみんなの「うん」が本気なのはわかってたから。そしてあたしと同じ理由で家族も悲しい思いをしているのだ。

太陽はすっかり沈《しず》み、ベッキーとあたしの頭の上では丸い月がほほえんでいる。夜の闇にまぎれこんで潜入《せんにゅう》する身じたくはできていた。グロスの代わりに黒いマットな口紅。黒いタートルネックにブラックジーンズ。黒い小さなリュックには懐中電灯《かいちゅうでんとう》と使い捨てのカメラを入れた。スターリング夫妻はヨーロッパに旅行中だ。一家のメルセデスは見あたらない。ミスター怪奇《かいき》が乗って買い物に出かけたのだ。

目の前にはさびた鉄の門がそびえ立っている。うわさは本当だったの？　その答えはすべて向こう側に横たわっている。すばやくよじのぼれば、すぐにも調査がはじめられる。

困ったことに、計画はすでに予定より遅《おく》れている。ベッキーが鉄の門をのぼるのを怖《こわ》がったからだ。

「門をよじのぼらなくちゃいけないなんて聞いてなかった。高所恐怖症《こうしょきょうふしょう》なんだからね！」

「お願い！　なんでもいいから乗《の》り越《こ》えて。時間がなくなる」

ベッキーは古ぼけたただの門を、まるでエベレストみたいに見上げた。

「無理だよ。あまりにも高すぎる！」

「できるって」あたしは反論した。「ほら」

両手で踏《ふ》み台《だい》を作った。

「ここに足をかけて体重を預けて」

「レイヴンが痛い思いをするのはイヤ」

「平気だって。さあ早く」

「ほんとに平気？」

「ベッキー！　あたしは何カ月も前からこのときを待ってたの。あたしの手に乗るのがイヤで計画を台なしにするなら、死んでもらうよ」

ベッキーが手に乗った瞬間《しゅんかん》、あたしは思わずうなった。とたんにベッキーはおびえたクモのように門に張りついてしまった。

「しがみついてるだけじゃダメだよ。のぼらなくちゃ！」

ベッキーはがんばった。本気でがんばった。全身の筋肉に力をこめた。でもベッキーは太ってもいない代わり、体力もなかった。

「あたしだって必死なんだよ！」

「ゴー、ベッキー、ゴー！」

あたしはチアリーダーみたいにエールをおくった。

ベッキーはちょっとずつよじのぼり、ようやくとがった先端《せんたん》部分にたどり着いた。そしてますますおじけづいた。

「こんなとこまたげないよ。怖いよ」

「下を見ちゃダメ」

「動けない！」

あたし自身もパニック寸前だった。警官やおせっかいなご近所さんがいつ来ないとも限らない。ゴシック少年本人が屋根裏部屋から様子を見にくるかもしれない。彼をいやす大音量のロックよりあたしたちの騒《さわ》ぎのほうがうるさければ、のことだけど。

「見てて、あたしがやるから」

門に飛びつき、ベッキーの横をすり抜け、てっぺんをまたいで身体の向きを変えた。

「ベッキーの番よ！」

門の内側にしがみついたまま、小声で言った。

しかしベッキーは動かない。目を開けてさえいない。

「これってパニック発作《ほっさ》だと思う」

「もう！」あたしはあきれはてた。

「これ以上できないって言うわけ、ベッキー？」

オタクボーイをつれてきたほうが、まだマシだったのかもしれない。

「無理なの！」

「もういい、わかった！　ゆっくりおりて」

あたしたちは、それぞれ門の反対側をそっとおりた。

「役に立たなくてごめん」ベッキーは言った。

「ううん、ここまで車で送ってくれたじゃない」

《ありがとう》とベッキーの笑顔が語った。

「ここで見張ってるよ」

「ううん、家へ帰って。だれかに見られるかもしれないから」

「ほんとに？」

「もう行かなきゃ！」

「探してるものが見つかるといいね」

ベッキーは、家の安全なチェックのソファのもとへ、いちもくさんに車を走らせ帰っていった。あたしはＦＢＩ《連邦捜査局》ならぬＲＢＩ《レイヴン捜査局》だ。町に流れるうわさに終止符《しゅうしふ》を打つ。それがただのうわさでない場合は、世間に知らせなければならない。

屋根裏部屋のカーテン越《ご》しにもれる明かりだけが、唯一《ゆいいつ》の頼《たよ》りだった。忍《しの》び足《あし》で裏へまわる途中《とちゅう》、エレキギターの音がかすかに聞こえた。ラッキーなことに、番犬がほえる声は聞こえてこない。あたしは昔、出入り口に使ったお気に入りの窓を見つけた。いまはもう板やレンガブロックでふさがれてはいないけど、割れたガラスは取《と》り替《か》えられていた。屋敷のほかの箇所《かしょ》は直してないというのに、よりによってどうしてここだけ直したんだろう？　手あたりしだいほかの窓をチェックしてみたけど、すべて鍵《かぎ》がかかっていた。

ふと何かが月明かりに光っているのに気づいた。地面にしゃがむと、草やぶの脇《わき》にハンマーが落ちていた。そしてハンマーの横には、すてきなものがあった。ひとつの窓が開いていて、ブロックで押さえられている。桟《さん》にはすきまをふさぐ粘着剤《ねんちゃくざい》とそれを吹《ふ》きつける道具が置いてある。だれかが修繕《しゅうぜん》をして、その部分が乾《かわ》くように開けていったのだ。親切なレンガブロックに投げキスを送った。ありがとう、ブロックさん！

開いた窓のすきまから身体をねじこむのは、だんぜんキツくなっていた。12歳《さい》のあの日から、いままでもりもりお菓子《かし》を食べてきたからだ。

身体が途中ではさまった。押したり引いたり、うなったりうめいたり。やっと入った！　あたしは宙に向かってハイタッチした。屋敷の地下室は暗く、ほこりっぽい。かびくさい空気が充満《じゅうまん》している。

懐中電灯の光を頼りに、木箱や古い家具の脇を進んだ。布をかぶせた長方形の物体が3つ、壁《かべ》に立てかけられている。絵だろうか？　期待でゾクゾクしながら、布のすみをつまんで、そっと持ち上げた。あたしは息をのんだ。凍《こお》りついたふたつの目が、こっちを見つめ返してる。鏡だ！

あたしはバクバクする心臓をぎゅっと押さえた。鏡にシーツ？　次から次へはぎ取る。全部鏡だ！　金のフレームや木製のフレーム、長方形にだ円形。ありえない！　だれが鏡を隠《かく》したりする？　ヴァンパイアだけだ！

地下室の調査を続行した。布をはがすと出てきたのは陶器《とうき》のお皿や、クリスタルのゴブレット。うちで使ってるガラスのコップとは別物だ。〈アレクサンダーの水彩画《すいさいが》〉とラベルに書かれた箱には、この屋敷によく似た豪邸《ごうてい》の絵がたくさん入っていた。

ほかの絵も入っていた。スパイダーマンにバットマン、スーパーマン。フランケンシュタインにオオカミ男、ドラキュラ伯爵《はくしゃく》の〝ビッグスリー〟が集合した絵もあった。

リュックに入れかけて、手を止めた。あたしはベッキーに、何も盗《ぬす》まないと約束した。代わりにカメラを取り出して、写真を撮《と》った。

ほこりにまみれた古い巻き紙に書かれた系図は、色あせていた。読み方のわからない長ったらしい名前は、何世紀も前の公爵《こうしゃく》夫人や男爵《だんしゃく》のものだった。いちばん下に書かれた名前は〈アレクサンダー〉。でも生年月日も死んだ日も書かれていない。

最後に布をはがした3つの木箱は〈土〉と刻印されていた。ルーマニアの税関のスタンプがある。

階段へ向かう途中、白いシーツをかぶった何かにつまずいた。こんどこそあたしが見つけに来たもの——棺《ひつぎ》でありますように。大きさはそれっぽい。こぶしでたたくと、木材らしき音がする。ワクワクするいっぽう、怖くもあった。目をつぶったまま、エイッとシーツを引っぱった。深呼吸して目を見開く。でも現れたのは、ただのコーヒーテーブルだった。

ほこりの積もったシーツをかけ直してから、ギシギシいう階段を用心して上がる。てっぺんの扉《とびら》のガラスのドアノブをひねって押した。だが、びくともしない。あらためて全身の力をこめて押すと、いきなりいきおいよく開いた。あたしは1階の廊下《ろうか》に飛び出した。

壁には銀色の髪の男女の肖像画《しょうぞうが》がならんでいた。ゴッホやピカソと思われる迫力《はくりょく》の絵もある。美術の授業を一度でもまじめに聞いていれば、きっと確信が持てただろう。まるで美術館にいる気分だった。ただひとつのちがいは照明が蛍光灯《けいこうとう》ではなく、ロウソクだってとこだった。

あたしは忍び足でリビングルームへ入った。アールデコ調のインテリア。とてもスタイリッシュだ。窓にはどっしりとした赤いベルベットのカーテンがかかっている。かつて手を出して野球キャップを振《ふ》った窓だ。〈スミス〉の奏《かな》でるロックのリズムが天井《てんじょう》を振動《しんどう》させている。

暗くなると文字盤《もじばん》が光るスウォッチの腕時計《うでどけい》に目をやった。もう8時半。撤収《てっしゅう》の時間だ。でもあたしは大階段の下に立ち止まった。2階へのぼるなんて、ウルトラ級に危険だ。しかしなんとしてもすべてをこの目にしたい。こんどはいつ、またこんなふうに潜入できるかわからないのだから。

2階で最初に入った部屋は広くてりっぱな書斎《しょさい》だった。どちらを向いても本、また本。スターリング家専用の図書館だ。でも司書はいない、ありがたいことに。ここでミスター怪奇に会ったら、「『罪と罰《ばつ》』を借りにきました」なんて言っても通用しないだろう。ほかの部屋も足早にまわった。ひとつの階にこんなにたくさんのバスルームがある建物は初めてだ。客用の小さな寝室《しんしつ》は、シングルベッドで驚《おどろ》くほど質素。主寝室のベッドは天蓋《てんがい》つきで、四方を黒いレースのカーテンがかこんでいた。化粧台《けしょうだい》はある。でも鏡はない！　小さなクシにブラシ、ネイルカラー。色は黒やグレーやブラウン。クローゼットの中身をのぞこうとしたとき、突然《とつぜん》音楽が止まった。天井から足音が聞こえる。

あたしは階段をすべるようにかけおりた。後ろは振《ふ》り返《かえ》らなかった。『13日の金曜日』でマヌケな女の子たちがするみたいに、段を踏《ふ》みはずして落ちたりしないように気をつけた。玄関《げんかん》扉のロックにのばした指が、勝手にブルブルふるえる。まるでホラー映画のワンシーンだ。ガタガタと必要以上に大きな音を出してしまう。上のロックをはずそうとしていると、下のロックのツマミが扉の反対側からまわされているのに気づいた。

廊下を奥《おく》へ向かってかけ出した。しかし前方から足音が聞こえてきて、一度は通り過ぎたリビングに飛びこんだ。窓を開ける時間はない。夢中で赤いベルベットのカーテンの後ろにすべりこみ、身を隠した。

「ただいまもどりましたぞ」

強いルーマニアなまり。ミスター怪奇の声だ。

「いつものように明日、ウェクスラーが配達してくれます。わたくしはもう休みますので」

だれからも返事はない。

「3歳の子どもはだまらせるのが大変だが、17歳はしゃべらせるのが至難《しなん》の業《わざ》ですな」

ゆっくりした足取りで大階段の脇を通り過ぎながら、ミスター怪奇がブツブツ言ってるのが聞こえた。

「いっつも開けっ放しだ」

そう言いながら、扉を閉じる音がした。地下室へのおり口にちがいない。

あたしはカーテンを離《はな》れ、玄関扉にかけつけると、こんどは記録的なタイムで全部のロックをはずした。これで脱出《だっしゅつ》、というとき気配《けはい》を感じた。前にも感じたことのある何もかの気配。振り返ると、彼は目の前に立っていた。ゴシック少年だ。招かれざる客を目で吸いこもうとしているかのように、ピクリとも動かない。

彼はあたしに向かって手をのばした。怖がらなくていい——その手は伝えていた。アクセサリーが目に止まった。指にはめられていたのはクモの指輪。ハロウィーンにあたしがミスター怪奇にわたしした指輪だ！

生まれたときから、ずっとこんな瞬間を待っていた。ほかのだれともちがうたったひとり、自分とそっくりなだれかにめぐり会う。でもすぐにあたしは現実に目覚めた。

逃《に》げなくては。

あたしは外へ飛び出した。前庭の芝生《しばふ》を突っ切り、さびだらけの門にはずみをつけて飛びつくと、一気にてっぺんによじのぼる。ブーツを履《は》いた足を反対側へまわしたところで、屋敷のほうを振り返った。玄関にぽつんと立った人影《ひとかげ》が、あたしのほうを見ている。引き返したい気持ちもあったけど、ためらってしまった。地上へおりる前にひとときのあいだ、彼を見つめた。

あたしは探していたものを見つけた。

14 壮絶《そうぜつ》な鬼ごっこ

ベッキーに電話してスリルに満ちた冒険《ぼうけん》の一部始終《いちぶしじゅう》を報告したあと、どうにもこうにも眠《ねむ》れなかった。夜だから目が冴《さ》えたわけじゃない。いままで見たなかでいちばん深みがあって、いちばん暗くて、夢を見ているような瞳《ひとみ》。そんな瞳を持った人に出会ったせいだ。頭に負けず、ハートもフル回転していた。美しかった。彼《かれ》の髪《かみ》も顔もくちびるも。なんといっても忘れられない光景は、さし出された手——そこにあったのはあたしの指輪！

なんで警察を呼ばなかったんだろう？　なんであたしの指輪をはめてたんだろう？　本当にヴァンパイアなの？　次はいつ会えるの？　もうすでに彼に会いたくてたまらない。

✝

　次の朝、エヴァンス・パークでブランコを思いきりこぎながらベッキーを待った。夕べの出会いからずっと頭のクラクラがつづいている。やっとベッキーが来たからブランコを横すべりさせて止めると、世にもすてきな物語をあらためてもう一度聞かせた。

「殺されなくてラッキーだったよ！」

「何言ってんの？　最高の人なんだってば！　彼の半分くらいクールな男にだって、この先一生会えないよ！」

「じゃあいまは、うわさはほんとだったたって信じてるの？」

「正気じゃないと思われるのはわかってるけど、ありうると思ってる。ヒントがたくさんあるんだもの。ドラキュラの絵にロウソク、サングラス、布で隠《かく》した鏡。系図もあった」

「お母さんはニンニクアレルギー。家族全員、夜しか姿を見せないしね」とベッキー。

「土のことはどう思う？　昔からヴァンパイアは生まれた国の土を持ってくるものなの」

「ＣＮＮ《ケーブルニュースネットワーク》でも呼ぶ？」

ベッキーがちゃかした。

「まだ早いよ。もっと証拠《しょうこ》を集めなきゃ」

「つまりあたしにまた、あの門を乗《の》り越《こ》えろっていうの？」

あたしはブランコをまたこぎ出した。

「いいえ！　ベッキーはけっして巻きこまない」

ベッキーはほっとため息をついた。

「いい？　確かめるにはひとつの方法しかないの。それを実行すれば、うわさ好きの連中の口を永遠にふさぐことができる！」

あたしはおどけて言った。

「で、レイヴンはこれからどうしようっていうの？　彼がコウモリに変身する現場を押《お》さえるとか？」

「ううん。あたしは自分がコウモリに変身するかどうか知りたいの」

「ただ彼をながめてるだけじゃ、変身できないよ」

「ながめてるだけじゃなくて、それ以上のことをしなくちゃダメよ！　彼がほんとにヴァンパイアかどうか調べるたったひとつの方法だもの」

「ながめる以上のこと？」

「噛《か》みつかれたいの！」あたしは興奮して叫《さけ》んだ。

「彼に噛みつかせる？　気でもちがった？」

「どうしても確かめたいの」

「でも彼が本物だったら大変だよ！　ヴァンパイアになっちゃったらどうする気？」

「そしたら」あたしはにっこり笑って答えた。「CNNを呼ぶよ」


エヴァンス・パークから家までの道を、夢心地《ゆめごこち》で歩いた。頭の中はあたしのダークプリンスのことでいっぱい。そのとき黒いメルセデスが家の前の道の、遠くの角を曲がるのが目に入った。

あたしは全速力で追いかけた。でもミリタリーブーツと、高速回転するタイヤとではしょせん勝負にならなかった。たとえ相手が怪奇《かいき》的のろのろ運転の車でも。

家に帰ったあたしを、いたずらっぽい薄笑《うすわら》いを浮《う》かべたオタクボーイが迎《むか》えた。

「お姉ちゃんにいいものがあるんだ」

「やめてよ。冗談《じょうだん》につきあう気分じゃないの」

「このごろ、日曜にも郵便が配達されるみたいだね。しかも配達員はハロウィーン屋敷《やしき》のあの不気味《ぶきみ》な執事《しつじ》！」

「なんですって？」

「お姉ちゃんに手紙を持ってきたんだよ！」

「見せて！」

「ただじゃダメだよ！」

「じゃああんたの首を切り落とす」あたしは弟に飛びかかろうとした。

弟は逃《に》げ出《だ》し、壮絶《そうぜつ》な鬼ごっこがはじまった。

「何があろうと、手に入れてやる。あんたの命なんて知ったこっちゃない」

うちにいれば、オタクボーイじゃなくてあたしが直接ミスター怪奇から手紙を受け取れたのに。救いは両親が外にランチを食べに行ってたことだ。１００万歳《さい》の老人がたずねてきて娘《むすめ》を呼び出したりしたら、ふたりは度肝《どぎも》を抜かれただろう。

オタクボーイは手紙をヒラヒラ見せびらかし、後ろを振《ふ》り返《かえ》ってはあたしをあざ笑った。２階へかけあがった足に飛びつくと、弟はころんだ。あたしはやつの身体をずるずる引っぱった。でも手紙は思いきり伸《の》ばした手に握《にぎ》られていた。腕《うで》を伸ばしてもとどかない。

あたしはサメのように歯をむいて、細いすねにかぶりついた。バトル開始。弟は空いてるほうの足であたしの手を蹴《け》りとばした。自分の部屋にかけこんで、ドアをバタンと閉め、鍵《かぎ》をかけてしまった。

あたしは力まかせにドアをバンバンたたいた。手が痛かったけど、ジンジンしびれてきたのは、もっとあとのことだった。

「親愛なるレイヴン様」

弟はドア越しに手紙を読み上げるふりをした。

「愛しています。わたしの妻となり、魔女《まじょ》となってください。おぞましい執事ベビーをふたりで作りましょう。愛をこめて。変人執事より」

「寄《よ》こしなさい！　早く！　生きたまま地獄《じごく》を味わいたいの？」

「ひとつ条件をのむなら、返してあげるよ」

「いくら？」

「お金じゃない」

「じゃあ何よ？」

「約束してよ……これからぼくのこと、オタクボーイって呼ばないって！」

ドアの両側が沈黙《ちんもく》に包まれた。

心がすごく痛かった。罪悪感？　あわれみ？　あたしのつけたささいなニックネームが弟を何年も苦しめてきたなんて、ちっとも知らなかった。

「じゃあなんて呼べばいいの？」

「名前じゃダメなの？」

「どんな名前だっけ？」あたしはわざと聞いた。

「ビリー」

「なるほど……わかったわ。手紙をわたしてくれるなら、オタクボーイとは呼ばない――

1年間は」

「一生」

「一生？」

「一生！」

「オーケー。なら……一生」

弟はドアをちょっとだけ開いて、封筒《ふうとう》をそろりと出した。くりくりしたこげ茶色の瞳で、あたしをじっと見つめてる。

「ほら。ほんとは封筒だって開けてないから」

「ありがと。よくも追いかけさせてくれたわね。お姉ちゃん、今日はクタクタなのに！」

赤い封筒は、無事あたしの手におさまった。

「ありがとね、オタクボーイ」

仕方ない。長年の習慣だもの。

「約束したじゃないか！」

弟はどなって、乱暴にドアを閉めた。ドアの鍵はかかっていなかった。

あたしはまたノックした。

「手紙、ありがとう」あたしは言った。

弟は無視して、コンピューターのマウスを動かしている。

「ビリー！」とわめくと、驚《おどろ》いてこっちの顔を見上げた。

「〝ありがとう〟って言ったわ。でも抱《だ》きしめたりはしない。それはテレビの取材が来たときのために、取っておくから」

あたしはベッドに寝《ね》そべり、黒い羽毛《うもう》まくらに両腕を預けて、何も書いていない赤い封筒をながめた。《当家の敷地《しきち》に立ち入らぬこと。こんどしたら本人と両親を訴《うった》える》――

こんな中身だって考えられる。

あたしは最悪の内容をおそれながら、そっと封筒を開いた。

中身はなんと招待状だった！

《ミスター・アレクサンダー・スターリングがミス・レイヴン・マディソンを12月1日午後8時、つつしんでディナーにご招待申し上げます》

なんであたしの名前を知ってるの？　家の場所をどうやって調べたの？　第一、これは現実？　この町に、州に、いえ、この国に、こんな風に女の子を招待する17歳の男の子がいるなんて。あまりにもロマンティックで全身がゾワゾワする。

ほかに何か書いていないか封筒を見たけど、ほかにメッセージはなかった。しゃくにさわるったら！　彼はあたしが来るものと思ってる。しかもそれは正しい。生まれてからずっと、この瞬間を待ってたんだから。

15 ゴシック館《やかた》へ

屋敷《やしき》への不思議な招待状のことは、ママには話せなかった。行っちゃダメって言うにきまってる。そしたらあたしは「行くんだから」って絶対口答えしちゃって、外出禁止になるだろう。そしたら脱走《だっそう》する。すごくドラマティック。何もあたしを止めることはできない——そう確信してた。でも12月1日当日の朝、パパが爆弾《ばくだん》を落とした。

「今夜ママをベガスにつれていくことにした!」

「ロマンティックでしょ?」

ママの笑顔《えがお》は輝《かがや》いていた。もう、クローゼットからスーツケースを出してきている。

「パパが記念日にこんなことしてくれるの初めてなの!」

「家のこととビリーの世話を頼《たの》んだよ」パパは重々しく言った。

「ビリーの世話？　もう11歳《さい》よ！」

寝室《しんしつ》までふたりを追いかけながら、あたしは叫《さけ》んだ。

「何かあったら連絡先はここ、帰りは明日の夕食のあとだ」

パパはそう言って、電話番号を書いたメモ紙を寄《よ》こした。

「そんな、あたしにも予定がある！」

「なら今夜はベッキーに泊《と》まってもらいなさい」

パパは旅行用トランクにヘアブラシを放りこんだ。

「映画を選ぶときは、ビリーも見られるものでないとダメだぞ」

「ベッキー？　あたしの友達はあの子だけだと思ってるの？」

「ポール、この服持っていったほうがいい？」

ママが横から割りこんだ。赤いストラップレスドレスを見せている。

「パパ、あたし16よ。土曜の夜には出かけたい！」

「わかってるわ」

赤いピンヒールの靴《くつ》をバッグに入れながら、ママが答えた。

「でも今夜はよして。パパのサプライズよ！　大学のとき以来なんだから。今夜だけ、ね？　そしたらこれから毎週土曜は好きにしていいから」

ママはあたしの頭にキスしたけど、お返しを待つそぶりはなかった。

「真夜中12時ちょうどに電話するからね」

さらにパパが釘《くぎ》を刺《さ》した。

「きみとビリーが家にいるか確かめるからな」

「心配しないで。パーティーを開いてバカ騒《さわ》ぎする気はないから」

あたしは怒《おこ》った声で言った。

パパはクローゼットからジャケットを引っぱり出したけど、あたしは自分の部屋へ行って、髪《かみ》を引っぱるくらいしかやることがなかった。うちの両親はこの17年間ずっと結婚《けっこん》してたはずだ。パパがママを喜ばすのは今夜じゃなきゃダメだったの？

その日の夜の7時半、あたしは土曜の夜の正装に身を包んだ。ストレッチのきいた黒いノースリーブのミニドレス、上に重ねたのはシースルーの黒いレースのキャミソール。黒いタイツに新しめのミリタリーブーツ。黒いリップにシルバーとオニキスのイヤリングだ。そしてオタクボーイ——いや、ビリーに宣言した。

「いまから出かける」

「でもダメだって言われたじゃないか」

弟は心配性《しんぱいしょう》の父親みたいにあたしの全身を上から下までチェックした。

「デートだな！」

「ちがうわよ。ただの用事」

「ダメだよ！　行かせない。言いつけるからね」

ビリーもひとりになれるのはうれしいはずなのに、姉貴《あねき》に対して急に上の立場になれたのがもっとうれしいらしい。

「弟をほったらかしにするなんて！　どうなっても知らないよ！」

「赤ちゃんみたいなマネ、よしなさいよ！　ベッキーにゲームソフトを見せてあげれば？　エイリアンのスペースシップなんとかだっけ？　きっと大喜びするわよ」

早くベッキーが来ないか窓の外をのぞきながら、あたしは弟を軽くあしらった。

「お姉ちゃんが出かけたら、すぐにベガスに電話する」

「命が惜《お》しくないの？　あのいすにしばりつけてもいいのよ！」

「やればいいよ。こうなったら電話してやる！」

弟はコードレス電話にかけよった。

「ビリー、お願い」

あたしは猫《ねこ》なで声を出した。

「ほんとに出かけなきゃならないの。あんたもいつかわかるわ。お願いよ、ビリー」

弟は電話を手にかたまった。姉に何かをお願いされるのは初めてなのだ。

「じゃあ、わかったよ。夜中の12時までには絶対帰ってくるんだよ」

覚えてる限り初めて、あたしは弟を抱《だ》きしめた。

「それにしてもベッキーはまだ?」

弟が怒ったような声で言う。もうすっかりあたしの味方だ。

「お姉ちゃんが出かけなきゃならないってのに!」

玄関《げんかん》チャイムがいきなり鳴った。あたしたちは階段をかけおりた。

「どこ行ってたの?」あたしは思わず責める口調になってしまった。

ベッキーはレンジで作るポップコーンの箱をかかえて、のっそりと家の中へ入ってきた。

「8時って言ってたよね」

「あたしが8時に向こうに着かなきゃならないの!」

「大変。早く来たつもりだったのに。車で行きなよ」

ベッキーは急いで車のキーを寄こした。

「ありがとう。どう、このファッション?」

あたしはポーズをキメた。

「悪女っぽい!」

「夜のエンジェルって感じだよ」かわいい弟がつけくわえた。

あたしは廊下《ろうか》の鏡をのぞいて、にっこりほほえんだ。鏡に映った自分を見るのは、これが最後になるかもしれない。

「楽しんでね、おふたりさん。ビリーの世話をくれぐれもよろしくね」

「だれって言った？」ベッキーが驚《おどろ》いて聞いた。

「ビリーよ。弟」

ゲラゲラ笑うふたりを置いて、あたしはコウモリみたいに飛び去った。


門には呼《よ》び鈴《りん》がなかったけれど、ちゃんと開いていた。あたしのためだ。カーテンの閉まった屋根裏部屋の窓を見上げながら、長い私道を歩いた。今日こそあそこから外を見られるかも。

今夜は何が起きてもおかしくない。ディナーはどんなメニューだろう？

ヘビのかたちのドアノッカーをやさしくコツコツ鳴らした。

巨大《きょだい》な扉《とびら》がゆっくりと開いた。出迎《でむか》えてくれたのは、ミスター怪奇《かいき》のヒビ割れスマイル。

「おいでくださって、まことにうれしゅうございます」

強いヨーロッパなまり。昔の白黒のホラー映画そのものだ。

「コートをお預かりしましょうか?」

あたしのレザージャケットはどこかへと運ばれていった。

廊下に立って、危険な兆候はないかとあたりを見まわした。

「アレクサンダー様はすぐにお見えになります。こちらへどうぞ」

ミスター怪奇がもどってきて言った。

つれていかれたのは、リビングの隣《となり》のだだっ広い部屋だった。すっきりとした空間に、ビクトリア調の深紅《しんく》のいすふたつと長いすひとつ。古びたほこりっぽい感じがないのは、すみに置かれた小型のグランドピアノだけだった。ミスター怪奇がまたどこかへ行ったので、偵察《ていさつ》するチャンスができた。外国語で書かれた革の表紙の本にほこりをかぶった楽譜《がくふ》、しわくちゃになった古い地図。

あたしはなめらかなオーク材のデスクをなでた。この引き出しの中には、どんな秘密がしまってあるんだろう？　そのときふと例の気配《けはい》を感じた。この前、屋敷をたずねたときにも感じた、目ではなく空気から伝わる存在感。はっと目を上げると、そこにはアレクサンダーが立っていた。

彼《かれ》は、ミステリアスで美しかった。つややかな髪、黒いシルクのシャツをブラックジーンズにさらりと合わせている。クモの指輪をしているか気になったけど、手は後ろで組んでいた。

「遅《おく》れてごめんなさい。ベビーシッターが来るのを待ってたものだから」

あたしは正直に言った。

「きみ、赤ちゃんがいるの？」

「ちがうわ、弟！」

「なるほど」

アレクサンダーはそう言って、ぎこちなく笑った。青白い顔が一気に親しみやすくなる。

トレヴァー以上のハンサムなのに、どこか自信がないそぶり。むしろ両手で包んで抱きあげてやりたい、傷ついた小鳥みたいだ。生まれたときからずっと閉じこめられてきて、初めて外の人間を見たみたい。会話が苦手なのか、慎重《しんちょう》に言葉を選んでいる。

「待たせてごめんね」アレクサンダーが再び口を開いた。

「これを摘《つ》んでたんだ」

おずおずと差し出した手には、野の花5本が握《にぎ》られていた。

花？　ウソでしょ！

「あたしに？」

感動で身体がしびれたみたいになった。すべてがスローモーションになる。彼《かれ》から花を受け取ったとき、かすかに手と手が触《ふ》れあった。そのとき、クモの指輪が見えた。

「花なんてもらったの初めて。こんなにきれいな花、見たことない」

「ボーイフレンドが100人はいそうなのに」

足もとを見つめたまま、アレクサンダーは言った。

「花をもらったことがないなんて信じられない」

「そういえば13歳のときに、おばあちゃんがチューリップのブーケを送ってくれたわ。黄色いプラスチックの花びんに入ってた」

冴《さ》えないせりふだけど、こう言うよりはマシだろう――《100人のボーイフレンドから花をもらったことなんてないわ。だって彼氏なんてひとりもいないんだもの！》

「おばあさまから花をいただくなんて、すてきだね」

アレクサンダーは不思議な反応《はんのう》をした。

「それにしてもどうして5本なのかしら？」

「ぼくがきみを見かけた回数さ」

「あたし、あの落書きには関係ないわ……」

言いかけたとき、ミスター怪奇が顔を出した。

「ディナーのしたくが整いました。お嬢《じょう》さん、その花を活《い》けましょうか？」

「お願いします」

手放すのは惜しかったけど、あたしはしぶしぶ答えた。

「ありがとう、ジェームソン」アレクサンダーが言った。

アレクサンダーは扉のところでわざわざ待って、あたしを先に行かせてくれた。ケイリー・グラントの映画そのものだ。でも、廊下をどっちへ歩いていいかわからないのに。

「きみならダイニングの場所も知ってると思ったんだけどな」

アレクサンダーが意地悪なことを言う。

「何か飲む?」

「ええ、なんでもいいわ」

待って。なんでも?——あわてて言い直した。

「とはいっても、水をいただけたらうれしいわ!」

アレクサンダーはクリスタルのゴブレットをふたつ持って、すぐもどってきた。

「おなかがすいてるといいんだけど」

「あたしはいつだって腹ペコよ」ふざけて言った。「あなたは?」

「おなかはあまりすかないんだ」そしてつづけた。「でもいつだってのどが渇《かわ》いてる！」

アレクサンダーはあたしの先に立って、ロウソクのともったダイニングに入った。中央にはクロスをかけていないオーク材の長いテーブル。陶磁器《とうじき》のお皿にシルバーのカトラリー。あたしの席の目の前には、クリスタルの花びんに活けた5本の野の花が飾《かざ》られていた。

ミスター怪奇――正しくはジェームソンが、ワゴンをキーキー鳴らしながら押して、湯気の立つロールパンが入ったバスケットを運んできてくれた。次はクリスタルのボウルに入ったみどり色のスープ。

「ハンガリーのグラーシュという料理なんだ」

ドロドロしたスープをけげんそうにかきまわすあたしを見て、アレクサンダーが教えてくれた。何が――あるいはだれが――入っているのか見当もつかない。アレクサンダーとジェームソンの視線を浴びながら、味見をしないわけにはいかないと覚悟《かくご》した。

スプーンの半分をすすったところで、あたしは絶叫《ぜっきょう》した。

「イケる！」

いままで飲んだどんなスープよりずば抜けておいしい。でも刺激《しげき》も100倍！

舌が燃えるように熱くなって、あせって水をゴクゴク飲んだ。

「からすぎじゃないかな」アレクサンダーが聞いた。

「からい？　平気よ……」

肩《かた》で息をしながら言った。目がチカチカする。

アレクサンダーは、ジェームソンにもっと水を持ってくるように合図した。永遠とも思えるときが過ぎて、ジェームソンがピッチャーを手にもどってきた。あたしはようやく呼吸を整えた。何を聞いたらいいかわからないけど、アレクサンダーのすべてを知りたい。

「どんな風に1日をすごしてるの？」

沈黙《ちんもく》を破ってテレビレポーターみたいに質問した。

「ぼくも同じことを知りたかったんだ」逆に聞かれた。

「あたしは学校に通ってる。あなたは？」

「眠《ねむ》ってるんだ」

「眠ってる？」大ニュースじゃない！「ほんとに？」

「それって何か悪いことかな？」

アレクサンダーはとまどったように、目にかかる髪をかき上げた。

「だって、たいていの人が眠るのは夜よ」

「ぼくは、〝たいていの人〟には入らない……そしてきみもおんなじだ」

あたしを見つめる彼の目には魂《たましい》が感じられた。

「ハロウィーンのときテニスウェアを着たきみを見てわかったよ。仮装にあのかっこうを選ぶなんて、人とちがってなければできない発想だ」

「あたしの住所なんかはどうやって調べたの？」

「ジェームソンはきみにラケットを返すことになってたのに、ブロンドのサッカー部員にわたしてしまった。彼氏だって名乗られてね。きみが彼の手を攻撃《こうげき》して、置き去りにしていくところを見てなかったら、ぼくもその話を信じるところだった」

「そう、お祭しのとおりよ。あいつは彼氏なんかじゃない。学校じゃダサいやつだし」

「でもラッキーなことに彼はきみの名前と住所をしゃべったんだ。だから見つけることができたのさ。またきみがうちを探検しにくるとは思ってなかったし」

夢見るような瞳《ひとみ》が、あたしを射抜《いぬ》くように見つめてる。

「なんていうか……あのときは……」

そして、ふたりの爆笑《ばくしょう》が屋敷に響《ひび》きわたった。

「ご両親はどこに？」あたしはたずねた。

「ルーマニアだよ」

「ルーマニア？　ドラキュラが住んでる国じゃなかった？」質問しつつ、ほのめかす。

「そうさ」

あたしの目が輝く。「あなたはドラキュラの親せき？」

「親族の集まりで会ったことはないけど」

アレクサンダーはわざと心配そうな声でからかった。

「きみって女の子は、完全に頭がイカれちゃってるみたいだね。たいくつ町《ダルスヴィル》に人生を奪《うば》われたんだな」

「たいくつ町？　ウソ！　それってあたしが呼んでる名前よ」

「だって、ほかにどう呼べばいいんだい？　この町に夜のお楽しみは存在しないよね？　ぼくやきみみたいな人種が楽しめる場所さ」

ぼくやきみみたいな人種。《つまりヴァンパイアね》――そう言いたかった。

「ぼくはニューヨークやロンドンに住みたかったんだ」と彼はつづけた。

「夜の遊びがきっといろいろあるはずだから。夜型の人間もおおぜいいるさ」

グラーシュをテーブルから下げ、ステーキを出すために、ジェームソンがやってきた。

「きみがベジタリアンじゃないといいけど」

あたしは今夜のメイン料理を見下ろした。ステーキの焼き加減はミディアムよりレアに近いミディアムレア。肉汁《にくじゅう》がお皿の上に流れ出して、マッシュポテトにしみている。

アレクサンダーはとてもミステリアスで、想像していたよりユーモアがある。あたしはすっかり彼の魔法《まほう》にかかってしまった。

「ものすごくおいしそう」

あたしは言った。彼はあたしがひと口食べるのをじっと見てる。

「イケるわ、これも」

アレクサンダーが突然悲しそうにあたしを見た。

「ねえ、もしよければ……」

そして、自分のお皿を持って、あたしのほうへ歩いてきた。

「さっきから花しか見えないんだ。どう考えてもきみのほうがずっときれいなのに」

彼は自分のお皿をあたしのお皿のすぐ横に置いて、オーク材のいすを引き寄せた。あたしは気絶しそうになった。近いよ！

アレクサンダーは食事のあいだ、ずっとニコニコしていた。ふたりの足が触れあっている。身体がびりびりしびれた。アレクサンダーはおもしろくてゴージャスで、セクシーなはにかみ屋。年なんてもうどうだっていい。17歳でも、1700歳でも。

「夜は何をしてすごしてるの？　前はどこに住んでたの？　どうして学校に行かないの？」

あたしは立てつづけに質問した。

「まあ落ちついて」

「だったら……まず、どこで生まれたの？」

「ルーマニア」

「でもルーマニア語のなまりはないのね」

「それはルーマニアに置いてきた。うちの一家は旅行が多いんだ」

「学校に通ってたことはないの？」

「ないよ。いつも個人教師がついてる」

「好きな色は？」

「黒」

ミセスしかめっ面《つら》の顔を思い出した。ひと呼吸おいてたずねる。

「大きくなったら何になりたい？」

「それって、ぼくがまだ子どもってこと？」

「それは質問よ。答えじゃない」

ツンとすまして言った。

「きみは何になりたい？」彼が聞いた。

あたしは神秘に満ちた深みのあるアレクサンダーの瞳をじっとのぞきこみ、ささやいた。

「ヴァンパイアよ」

見つめかえす彼の目には、好奇心《こうきしん》ととまどいが宿っていた。それからいきなり声を出して笑った。

「きみってなんておもしろいんだ！」

それからするどい目でキッとにらみつけた。

「レイヴン、どうしてうちに忍《しの》びこんだ？」

あたしは答えに詰《つ》まって、視線をそらした。

そのとき、ジェームソンがワゴンを運んできた。マッチの火を向けると、デザートをとりかこむように炎《ほのお》がぱっと立ち上がった。

「フランベ！」

ジェームソンが高らかに宣言した。とてもいいタイミングだった。

アレクサンダーはデザートの火を吹《ふ》き消《け》すと、外で食べるとジェームソンに告げた。

「暗いところは平気かな？」

さびれたあずまやにあたしを案内して、アレクサンダーは聞いた。

「平気かって？　大好きよ！」

「ぼくもさ」

彼はそう言ってほほえんだ。

「星をちゃんと見たいと思ったら、暗いところに行くしかないからね」

アレクサンダーは台の上の半分ほど溶《と》けたロウソクに火をつけた。

「彼女《かのじょ》になった子はみんなここへつれてくるの？」

使用ずみのロウソクをもてあそびながら、あたしは聞いた。

「そうだよ」アレクサンダーは笑った。

「そしてロウソクの明かりで本を読んであげるんだ。きみなら何がいい？」

床《ゆか》に積みあげられた参考書の山を指しながらたずねる。

「〈関数と対数〉？　それとも〈少数民族たちの文化〉？」

あたしは吹き出した。

「今夜は月がきれいだ」

アレクサンダーがあずまやの外に首を伸《の》ばして言った。

「オオカミ男を思い出すわ。人間が獣《けもの》に変身するなんてありえると思う？」

「いっしょにいる女の子によってはね」

アレクサンダーは笑いながら答えた。

あたしはもっと彼に近づいた。月明かりが彼の顔をやさしく照らしている。美しい人。

キスして、アレクサンダー。いますぐキスして！――あたしは念じながら目を閉じた。

「でもぼくらには、まだまだ時間がある」とうとつにアレクサンダーが言った。

「いまは星をながめて楽しもう」

アレクサンダーはデザートのお皿を台に置いて、ロウソクを吹き消した。あたしはすばやく彼の手を握《にぎ》った。トレヴァーの手とも、ビリーのガリガリの手ともちがう。世界じゅう探したって、こんなにすてきな手はほかにない！

ひんやりした草の上にふたりで横になり、星空を見上げた。手を握り合ったまま。沈黙《ちんもく》が心地いい。ふたつの手がいっしょにあったまっていく。指輪のクモの足に生えたトゲの感触《かんしょく》までわかってしまいそう。

キスがしたい。でもアレクサンダーはじっと星空を見上げたままだった。

「友達はどんな人たち？」

身体を彼のほうへ向けてたずねた。

「人づきあいは苦手なんだ」

「ここに引《ひ》っ越《こ》してくる前は、クールなガールフレンドが山ほどいたはずよ」

「クールな子はたしかに魅力的《みりょくてき》さ。でも相手をありのまま、丸ごと受け入れてくれる女の子とはちがう。ぼくが望むのは……長くつづく関係なんだ」

つづく？　永遠ってこと？　でも聞けなかった。

「最後にはぐさりと噛《か》みつける関係にまでなりたい」

それほんと？　だったら、あたしはあなたの彼女よ！――心の中で叫んだ。でもアレクサンダーはあたしのほうを見る代わりに、空から目を離《はな》そうとはしなかった。

「じゃあこの町に友達はひとりもいないの？」

もっと情報を聞き出したくて、たずねた。

「ひとりだけいるよ」

「ジェームソン？」

「黒い口紅をつけてるだれかさん」

ふたりならんでだまって月を見上げた。彼の言葉がうれしくて、顔がニヤけてしまう。

「きみの友達は？」

「相手をしてくれるのはベッキーだけなの。彼女をいじめないのはあたしだけだから」

ふたりで笑ってしまった。

「ほかのみんなは、あたしを気味悪がってる」

「ぼくはちがう」

「ほんとに？」

そんな風に言ってくれる人に生まれて初めて会った。まぎれもなく初めて。

「きみってぼくにすごく似てる気がする」アレクサンダーは言った。「ぼくをバケモノを見たときみたいに、まじまじ見つめたりしないしね」

「そんなやつがいたら、蹴《け》とばしてやるわ」

「すでに実行してるよ。少なくともラケットでやっつけた」

月明かりのなかでいっしょに笑った。空いているほうの腕《うで》を彼の胸にまわして、ぎゅっと抱きついた。あたしの同類。ゴシックの友。彼はあたしの腕をやさしくさすった。

「あれってカラス《レイヴン》かな？」

屋敷の上空を、円を描《えが》いて飛ぶ黒い翼《つばさ》の群れを指して、あたしは言った。

「あれは鳥じゃないよ。コウモリさ」

「コウモリ!?　ここでコウモリなんか見たことないわ。あなたが引っ越してくるまで」

「ああ、屋根裏部屋に何匹《びき》かいたんだよ。それをジェームソンが外に放したんだ。きみはコウモリが怖《こわ》い？　すばらしい連中なんだけど」

彼の手があたしの髪をやさしくなではじめた。すごく落ちつく。このまま地面に溶けていきそう。

アレクサンダーはトレヴァーのように先を急がなかった。髪に触れると、シルクのような手ざわりがした。

あたしはゆっくりと身体を起こし、彼の両腕を上から押《お》さえた。アレクサンダーは驚いた顔で見上げたけど、やがてほほえんだ。あたしはキスを待った。でも彼は動かない。もちろん、動かないにきまってる——あたしが押さえつけてるんだから！　もう、あたしったらバカみたい！

「コウモリのそっくりさん、きみはコウモリのどこが好き？」

じりじりした気持ちで見下ろすあたしに、彼がたずねた。

「空を飛べるところ」

「きみも飛びたい？」

あたしはコックリうなずいた。

アレクサンダーがあたしの身体をねじ伏《ふ》せて、逆に上から押さえつけた。再びキスを待ったけど、くちびるは近づいてこない。じっと見つめ合うだけだ。

「じゃあなたはどこが好きなの、もうひとりのそっくりさん？」

あたしは聞いた。

「そうだなあ」少し考えて、口を開いた。「吸血鬼《きゅうけつき》っぽい歯かな」

その瞬間《しゅんかん》、息をのんだ。アレクサンダーの答えに驚いたからじゃない。蚊《か》が1匹《ぴき》、あたしの首筋に噛みついたからだ。

「怖がらないで」

あたしの手を強く握りしめて、彼は言った。

「ぼくは噛んだりしないよ……いまはまだ」

アレクサンダーは自分で言って吹き出した。

「怖がってなんかいない。蚊に刺《さ》されたの！」

首をかきむしりながら訴《うった》えた。

アレクサンダーはお医者さんみたいに、あたしの傷を調べた。

「はれてきたぞ。氷で冷やしたほうがいい」

「平気よ。しょっちゅうだもの」

「ご両親に、ぼくの家に来て噛まれたなんて言わないでよ！」

彼に噛まれたのなら、世界じゅうに言いふらしたかったけど。

アレクサンダーはあたしをキッチンにつれていって、ちっちゃな傷に氷を押しあてた。

ボーン、ボーンと、振《ふ》り子《こ》時計が時を告げる音に耳をかたむけた。9、10、11、12……やばい！　12時……まさか、ウソでしょ!?

「帰らなくちゃ！」あたしは絶叫した。

「こんなにすぐに？」

アレクサンダーはがっかりした声で言った。

「パパがベガスから電話してきちゃう。いなかったら、一生うちから出してもらえない！」

ここに残ってアレクサンダーと屋根裏部屋で暮らせたらどんなにいいか。

「お花にディナーに星空をありがとう」

ベッキーの車にかけよって、早口で言った。キーを探してバッグをかきまわしても、なかなか見つからない。

「来てくれてありがとう」

アレクサンダーの表情は夢を見ているように楽しげで、それでいてどこかさびしそうだった。いまこそキスしてほしい。首筋に噛みつき、あたしの魂を彼の魂へと吸いこんでほしい。

「レイヴン？」さぐるように、彼があたしの名前を呼ぶ。

「なあに？」

「またぼくから招待したほうがいいのかな？　それとも自分から忍びこむほうが好き？」

「招待してほしいわ」

そう答えて、じっと待った。キスしてくれれば、永遠に結ばれる。

「それならよかった。電話するね」

アレクサンダーはあたしのほおにそっとキスした。それは、12歳のときにジャック・パターソンがこの屋敷の外でしてくれたキスよりも、トレヴァーに木に押しつけられてされたキスよりもっともっとロマンティックだった。本物のヴァンパイアのキスがほしいと思ういっぽうで、あたしはアレクサンダーによってすっかり変わってしまった。なよなよでか弱い、うっとりとろんとした、溶けたマシュマロみたいな女の子に。

家への道を運転しているあいだも、アレクサンダーのすてきなキスの感触《かんしょく》がほおに残っていた。興奮とじれったさとほとばしる思いで、どうにかなりそうだった。男の人にこんな思いを抱《いだ》くのは初めてだ。

「パパがベッキーにブラックジャックのルールを説明してるとこ」

家の玄関《げんかん》に飛びこむと、ビリーが不安そうに小声で言った。

「いままでラスベガスじゅうのカジノの話を聞いてたんだ。ジークフリード・アンド・ロイの歴史も。その前は通りにあるホテルを全部紹介《しょうかい》させたんだから！」

《ありがとう》――あたしはベッキーに声をひそめて言うと、急いで電話を引き取った。

「ベッキーは話好きだね」

まずパパは言った。

「そんなにラスベガスに興味があったなんて知らなかったよ。次はつれてきてあげよう。3人でずっと吸血鬼の映画を見てるんだって？」

「そうね……さっきは新しいのを見てたの。『ヴァンパイアのキス』よ」

「おもしろいか？」

「超《ちょう》オススメよ！」

16 恋する心は明と暗《チョコマーブル》

次の日、ベッキーとあたしはアイスを食べに出かけた。店の前にすわったあたしのおしゃべりはだれにも止められない。

「アレクサンダーって、最高に夢みたいなの！　くちびるの感触《かんしょく》がまだジンジン残ってる」

あたしは言った。

「ベッキー、この町から逃げ出す気が失せたの初めてよ。だってベンソン・ヒルの上には、夢にまで見たゴシック少年が住んでるんだもの。彼《かれ》のことが頭から離《はな》れないの！」

赤いカマロがいきなり目の前にとまった。

「ゆうべバケモノ屋敷《やしき》の表にベッキーの車がとまってるのを、マットが見たとさ」

こちらにゆっくり近づきながら、トレヴァーがいつものいやらしい口調で言いはなった。

ベッキーの顔をのぞきこんで、たずねる。

「スプレーで落書きでもしようとしたのかい、お姉さん?」

「ちがうわ」

ベッキーをかばって、あたしが答えた。昨日の夜のことが忘れられずに、まだ口もとはゆるみっぱなしだ。このすばらしい気分をトレヴァーにこわされたくない。

「だったら何か問題が起こる心配はないわけだな、オオカミ女さん?」

トレヴァーはベッキーをにらんだまま聞く。ベッキーはおびえていた。

「行こうぜ、トレヴ」マットが言った。

あたしはだまってコーンの端《はし》をなめつづけた。

「それとも屋敷をたずねたのはおまえのほうか?」

トレヴァーがあたしを見て、ぴんときたようだ。

「ベッキーのお父さんかお母さんよ。だって親の車でしょ」

「おまえとベッキーがバケモノ一家とデートでもしてたんじゃないかと思って!」

「いいから早くママのところへ帰りなさいよ」あたしは言った。

「屋敷に住んでる連中《れんちゅう》はおまえそっくりだ。しみったれた青白い顔して、カントリークラブにもいまだに顔を出さない。どうせ、ヴァンパイアはメンバーにはなれないけどな」

「ヴァンパイア?」

あたしは引きつった顔で笑い声を立てた。

「だれがそんなこと言ったの?」

「みんな言ってるよ! 知らないのか? スターリング一家はヴァンパイアだって。おれはただ頭のイカれた連中だと思ってるけどな。おまえと同じカンペキなバケモノさ」

「来いよ、トレヴ、とっとと行こうぜ。トレーニングだぞ」マットが言った。

「あんたたちふたりの力関係がわかったわ。どっちがズボンをはいたダンナ役で、どっちがあとにしたがう奥《おく》さん役か」

あたしは言った。

「もっとも、トレヴァーのチノパンはあたしのロッカーに飾《かざ》ってあったよね。忘れてた」

トレヴァーは答えず、あたしの手からコーンを奪《うば》いとった。

「ちょっと、返しなさいよ！」あたしはどなった。

トレヴァーはこれ見よがしにアイスをペロリとなめた。至福の時間が台なしだ。

「いいわ。そのアイスにはもう、気持ち悪いお坊《ぼっ》ちゃん菌《きん》がついた。あんたにあげる」

「ベイビー、おまえに見られた瞬間《しゅんかん》から、このアイスにはバイ菌がついてるんだぜ」

「行くよ、ベッキー」

あたしは彼女《かのじょ》の腕《うで》を強く引いた。

「まだ会ったばっかりだろ」

「さよなら！」あたしはどなった。

「〝さよなら〟？　おれを傷つけたくて、いつもそういう意地悪を言うんだよな？」

「行こうぜ、トレヴ」マットがせかした。「おれたち、ヒマじゃないんだ」

「ほんとは喜んでるんだろ、モンスターちゃん。おれがいなかったら、だれにも注目されないからな」

「だったらあたしは世界一ラッキーな女の子ね」

「車で待ってるぞ」

マットがしびれを切らして背を向けた。

「すぐ行くよ」

トレヴァーはそう答え、あたしのほうへ身を乗り出した。

「世界一ラッキーな女の子になりたいなら、おれとスノーボールへ行こうぜ」

トレヴァーがあたしをダンスパーティーに誘《さそ》ってる？　しかも、あのスノーボールへ？

スノーボール・パーティーは学校あげての大イベントだ。プラスチックのつららや雪の結晶《けっしょう》が体育館の梁《はり》に吊《つ》るされ、フロアは人口雪でおおわれる。そんな場であたしと腕を組み、仲間の面前に登場したいっていうの？　サッカー坊やと、ヘアメイクに100ドルはたいた女の子たちの目の前に？　とてつもないジョークだ。

「忘れられない夜になるさ」

トレヴァーがセクシーぶって言った。

「きっとそうね。でもこの先一生、悪夢を見つづけるのはごめんよ」

「どうせテレビの深夜放送が見たいだけだろ」

「ちがうわ。前から行くつもりだった」

トレヴァーがせせら笑った。

「ひとりで？　それともゴム人形といっしょにか？」

「パートナーと行くわ」

あたしの出まかせに、ベッキーが息をのんだ。

「なに夢見てんだよ！　同情して誘ってやっただけなのにさ」

「そのときになればわかるわ。そうでしょ？」

「出すぞ」マットが車から叫《さけ》んだ。

「乗るのか？」

「アイスごちそうさん、ミス・サイコ」

そう言い残し、トレヴァーはカマロに乗りこんだ。

あたしはダブルのチョコレートアタックをゴミ箱の底へ葬《ほうむ》った。

「あたしのをあげてもいいけど、レイヴンはただのバニラは嫌《きら》いだもんね」

ベッキーがなぐさめるように言った。

「ありがとう。でもあたしにはアイスクリームより、もっと心配しなくちゃいけない問題があるの。パートナーをゲットしなくちゃ！」


電話が鳴るたび、あたしの心臓は飛びはねる。もしかしてアレクサンダー？　そして彼じゃないとわかると、ハートは１００万のかけらにくだけ散る。屋敷で会った日からもう、2日もたってしまった。頭の中はアレクサンダーのことでいっぱいで、次に会えるときのことをずっと夢見てる。ほかのことは全部どうでもいい。彼のやさしいくちびるが触《ふ》れたほおは洗っていない。まるで甘ったるい青春映画そのもの！　あたしったら、いったいどうしちゃったの？　するどいトゲがどんどんなくなっていく！　生まれて初めて、あたしは恐怖《きょうふ》がどんなものかを知ったのだった。彼に二度と会えないかと思うと怖《こわ》い。拒絶《きょぜつ》されるのが怖い。

ダンスパーティーに誘ったりしたら、ぎょっとするかもしれない。《きみと？》なんて聞き返されたり、《カンベンしてよ。学校のダンスなんてくだらない。つきあってられないよ。きみだって同じだと思ってたのに》ってつきはなされたりするかも。

あたしだって、つきあってられないと思ってた。実際に出向いて、つきあった経験は一度もなかったけど。学園祭でも卒業式後でも、学校行事のダンスパーティーに出るつもりなんてさらさらなかった。家でベッキーと、テレビの『怪物家族《かいぶつかぞく》』でも見てるほうがマシだって。でもトレヴァーにあそこまでバカにされて引っこんでいるわけにはいかない。やつをやりこめるには、アレクサンダーといっしょに行くしかない。

食べることも眠《ねむ》ることもできないという思いを初めて味わった。電話が鳴るたびに、心臓が止まりかける。『ノスフェラトゥ』を涙《なみだ》なしでは見られない。クサくてめめしくて陳《ちん》腐《ぷ》きわまりないセリーヌ・ディオンの病的ラブソングを聴きながら、《あたしのために書いてくれた歌だわ》と思わずにはいられない――そんな自分がほんとにイヤだ。

これを〝恋〟と呼ぶ人もいるのだろうけど、あたしにとっては地獄《じごく》だ。

そして事件は起こった。拷問《ごうもん》みたいな2日間を長々とすごしたあとのことだ。電話が鳴ったときは、ビリーあてだと思った。ビリーがあたしを呼んだときは、ベッキーからだと思った。でもあたしがひとこと話す前に、耳に夢のような声がとどいた。

「これ以上待ちきれなくて」

「失礼ですけどどなた?」あたしは驚《おどろ》いて聞き返した。

「アレクサンダーです。男はすぐに電話をかけちゃダメだってわかってるのに、これ以上待てなくて」

「そんなのバカげたルールよ。あたしが引《ひ》っ越《こ》してたかもしれないし」

「2日のあいだに?」

「たったの2日、って言える?」

アレクサンダーは笑った。「1年くらいに思えたよ」

心に直接送りとどけられたラブレターみたい。あたしは彼の次の言葉を待ったのに、沈《ちん》黙《もく》が訪れた。アレクサンダーはだまっていた。スノーボールへ誘う絶好のチャンス。最悪のシナリオは、電話を切られることだ。手がブルブルふるえる。汗《あせ》といっしょに、自信も流れだしていく。

「アレクサンダー……あのね……ひとつお願いがあるの」

「ぼくもなんだ」

「じゃあ、あなたから先に」

「いや、レディが先だよ」

「ダメ。男の人は頼《たの》まれたら、それに応《こた》えなくちゃ」

「たしかにそうだね」

そして沈黙。

「あのさ……遊びに行かない？　明日の晩」

あたしはにっこり笑った。やったね！

「デートね？　ええ、楽しそう！」

「じゃあ、きみのお願いって？」

一瞬《いっしゅん》、間をおいて自分をはげました。あたしならできる！　大きく息を吸いこんだ。

「あなたって……ダンスは好き？」

「うん。でもこの町にいいクラブがあるとは思えないけど。どこか知ってるの？」

「いいえ……でも見つけたら、教えるわ」

この臆病者《おくびょうもの》！

「頼んだよ！　じゃあ明日うちで待ってる。日没後《にちぼつ》に会おう」

「日没後？」

「暗がりが大好きって言ってたよね。ぼくもなんだ」

「覚えててくれたのね」

「きみのことなら、全部覚えてるよ」

アレクサンダーはそう言って、電話を切った。

17 夢のデート

生まれて初めてのデート！　ベッキーは屋敷《やしき》でのディナーが初デートだって言うけど、あたしはそうは思わない。午後じゅう、ベッキーと予想をしゃべりまくった。アレクサンダーはどこにつれていってくれるか、何を着てくるか、こんどこそキスしてくれるのか。

興奮して、行きはずっとかけ足だった。待ち合わせは鉄の門の前。幽霊《ゆうれい》屋敷に住んでる男の子とデートするなんて知ったら、ママは目をまわすにちがいない。だからあたしは自分からロミオのバルコニーを訪れるジュリエットになることを選んだ。

アレクサンダーは鉄の門扉《もんぴ》にもたれて立っていた。ブラックジーンズと黒いレザージャケットがセクシー。登山にでも行くようなリュックをかかえている。

「ハイキングに行くの？」あたしは聞いた。

「いや、ピクニックだよ」

「こんな時間に？」

「もっといい時間がある？」

あたしは苦笑いしながら、首を横に振《ふ》った。

彼《かれ》はあたしの手をとって道を歩きだしたけど、今夜の計画については何も教えてくれなかった。あたしも行き先なんて気にしてなかった。

ダルスヴィルの墓地で、アレクサンダーは足を止めた。

「着いたよ」彼が言った。

初めてのデートが墓地なんて、最高。ダルスヴィルに墓場が造られたのは、１８００年代はじめの話だ。小さなドレスショップに酒場、商人、ギャンブラー――そのころの開拓《かいたく》時代のほうがいまよりずっとエキサイティングな町だったはず。

「デートの場所はいつもここなの？」あたしはたずねた。

「怖《こわ》いの？」彼がやさしく聞く。

「子どものころよくここで遊んだわ。ただし昼間だけど」

「町でいちばん活気があるのは、たぶんこの墓場さ」

うわさは事実だった。アレクサンダーは暗闇《くらやみ》のなか墓場を訪れていたのだ。

不気味《ぶきみ》な門には、不とどき者が簡単に入れないように、鍵《かぎ》がかけられていた。

「よじのぼらなくちゃ」アレクサンダーが言う。「門にのぼるの、好きだろ」

「でも、マズいことになるんじゃない？」

「心配いらないよ。知り合いがひとりいるんだ」

死んでる人？　生きてる人？　死体とか？

身体にぴったりしたストレッチドレスで門を乗り越《のこ》えようとあたしががんばってるあいだ、アレクサンダーは背中を向けて、見ないようにしていてくれた。

無事ふたりとも中に入って服のほこりを払《はら》うと、アレクサンダーはあたしの手をとり、真ん中の道を進みはじめた。何キロにもわたって墓石がならんでいる。目的の場所がはっきりしている様子で、アレクサンダーの足取りはきびきびしていた。

どこにつれていこうとしてるんだろう？　知り合いってだれ？　いつもここで眠《ねむ》ってるの？　キスするためにつれてきたのかな？　あたし、ヴァンパイアになっちゃうの？　足が重くなってきた。あたしはほんとにヴァンパイアになりたいんだろうか？　この墓場がわが家になっても？　しかも永遠に。

落ちていたシャベルの柄《え》に足を取られて、前へよろけた。あやうく空っぽの墓穴に落ちかけたけど、間一髪《かんいっぱつ》のところで、アレクサンダーが腕《うで》をつかんで助けてくれた。

「怖がらなくても平気だよ。墓標にきみの名前はないから」

アレクサンダーがジョークを飛ばす。

そしてあたしの手を力強く握《にぎ》って、ずんずん奥《おく》へと引っぱっていく。

小さな丘《おか》の上に来ると、アレクサンダーは急に足を止めた。大理石の立派な墓石がある。

彼は咲《さ》いたばかりのスイセンを何本か摘《つ》むと、そなえてあった花とていねいに取《と》り替《か》えた。墓はスターリング男爵《だんしゃく》夫人のものだった。

「会ってほしい人がいるんだ」

アレクサンダーはそう言い、やさしい目であたしを見て、その目を墓に移した。

「おばあさま、レイヴンだよ」

あたしは言葉が見つからず、ただじっと墓標を見つめた。死んだ人に紹介《しょうかい》された経験は一度もない。どんなことを話せばいいの？

でも当然ながら、アレクサンダーはあたしのおしゃべりなんか期待していなかった。草の上に腰《こし》をおろすと、あたしの肩を抱《だ》いて引き寄せた。

「おばあさまは昔ここに住んでた。この町にね。そしてぼくの家族に屋敷を遺《のこ》してくれた。遺言が正式に認められるまで何年もかかったけど、とうとう引《ひ》っ越《こ》すことができた。ぼくは昔からあの屋敷が大好きだったんだ」

「すごいわ。男爵夫人ってあなたのおばあさまだったのね？」

「さびしくなると、会いにくる。おばあさまは孤独《こどく》という気持ちをよく理解していたから。スターリング家の人たちとなじめなくてね。おじいさまは戦死したんだ。ぼくの顔を見るたび、おじいさまのことを思い出すって言ってたよ」

アレクサンダーは大きく息を吸いこみ、星空を見上げた。

「ここから見るときれいなんだ。そう思わない？」

そしてつづけた。

「星明かりをかすませる人工の照明があんまりないからね。宇宙って、いろんな光のきらめきをまき散らした巨大なキャンバスみたいだ。いつでも好きなときに鑑賞《かんしょう》できる絵画さ。でもみんな忙《いそが》しすぎて、そこにあるのに気づかない。何にも負けない美しさなのに」

そこから会話は数分とぎれた。ふたりで天を見上げていた。聞こえるのはアレクサンダーのおだやかな呼吸とコオロギの鳴き声だけ。すべての初デートがこうあるべきだ。究極にすてき。映画館で新作映画を見たって、こんなに感動できないはず。

「じゃあ、おばあさまって、窓から外をながめていた方？　なんていうか、つまり……」

「すばらしいアーティストだったんだ。スーパーヒーローやモンスターの絵の描《か》き方を教わった。いろんなモンスターのね！」

「知ってるわ」

「きみが？」

「あたしが知ってるのは、あなたもきっと苦労してるんだろうなってこと。でもあたしもヴァンパイアが好きよ！」

自分の言いたいことを、それとなくほのめかした。

でも、アレクサンダーはほかのことを考えているそぶりだ。

「ぼくは旅ばかりしてきた。学校に通ったこともないから、自分に合った居場所を見つけるチャンスがなかったんだ」

彼は迷っているようにも、情熱的にも、そしてすごくさびしそうにも見えた。いますぐキスしてほしい。あたしは永遠に彼のものだと伝えたかった。

「食事にしよう」

アレクサンダーはとうとつに言って、立ち上がった。

教会にあるような凝《こ》った細工の燭台《しょくだい》に5本の黒いロウソクを立てると、アンティークのライターで火をつけた。荷物から出てきたのは炭酸入りジュースにクラッカー、チーズ。

黒いレースのテーブルクロスが、ひんやりとした草の上に広げられた。

「恋をしたことはある？」

あたしのクリスタルのゴブレットにジュースを注ぐ彼に聞いた。

突然、遠ぼえがひとつ耳に飛びこみ、あわててロウソクの火を吹《ふ》き消《け》した。

「何の声？」あたしはたずねた。

「たぶん犬さ」

「まるでオオカミ！」

「どっちにしろ、ここにはいられない！」

アレクサンダーの声はせっぱ詰《つ》まっていた。男の声が近づいてくる。

ピクニックのディナーはそのままにして、ふたりで墓石の後ろに隠《かく》れた。

男の後ろから、懐中電灯《かいちゅうでんとう》の明かりがひとつ、ついてくる。管理人のジムじいさんと愛犬のルーク。グレートデンだ。

こんな時間に墓場にいるところを見られたら、うちの両親に言いつけられちゃう。

墓石のかげからのぞくと、犬が草にこぼれたジュースをなめているのが見えた。

「よこせ、ルーク」

ジムじいさんはそう言って、ジュースのボトルを拾った。ゆっくりゴクゴク飲んでいる。

「いまだ！」

アレクサンダーが小さく言った。あたしの手をいっそう強く握りしめ、ふたりでかけだした。柵《さく》を乗り越え、夢中で走った。

本物の幽霊より、ジムじいさんと暴走するルークのほうがあたしには怖い。

やっと呼吸が整うと、アレクサンダーがにっこり笑って言った。

「きみのうちまで歩いて送っていくよ」

「あなたのおうちはダメ？」あたしはすがるように聞いた。

「あなたの部屋が見たいの！」

「それはダメだ」

「時間はまだあるわ」

「ダメといったらダメなんだ」

初めて聞くとげとげしい声だった。

「あなたの部屋に何があるの、アレクサンダー？」

「きみの部屋には何がある、レイヴン？」

アレクサンダーはあたしをするどくにらんで聞いた。

「これから、きみのうちへ行こう」

「えーと……それは……」

彼はたしかに正しい。あたしだってアレクサンダーをうちへつれていきたくはない。両親や弟に会わせるのは絶対に避《さ》けたい。ましてや今日は初めてのデートなのだから。

「あたしの部屋、散らかってるんだ」

「ぼくの部屋もさ」

結局あたしたちは手をつないで、うちへと向かって歩きだした。目いっぱいのろのろ歩いたけど、気がつけばもう玄関《げんかん》の前に立っていて、さよならを言うときが来ていた。

「じゃあ…またこんど……会えるときまで」

黄色いライトがアレクサンダーの顔を照らしている。

「次は霊安室《れいあんしつ》につれてってくれるの？」

「ぼくの家で映画でも見ようと思ってた」

「テレビなんか持ってるの？」あたしは思わず聞いた。「電気でスイッチが入るあれよ」

「言ってくれたな。ベラ・ルゴシの『魔人《まじん》ドラキュラ』のＤＶＤだって持ってる」

「『魔人ドラキュラ』？　最高！」

「じゃあ次のデートはきまり。明日の７時。いい？」

「超《ちょう》楽しみ！」

次のデートの約束をしてしまったら、あとはもうさよならを言って別れるしかない。甘いキスの可能性がいちばん高くなる瞬間《しゅんかん》だ。アレクサンダーはあたしの肩《かた》に手を置いて、顔を近づけた。あたしは目を閉じた。くちびるの準備は万全《ばんぜん》だ。

そのとき、突然《とつぜん》ドアの鍵がガタガタ鳴った。アレクサンダーは暗がりへと飛び出し、草やぶに身を隠した。

「だまってコソコソ出かけるなんて、よくないわ」

ドアを大きく開いて、ママは小言を言った。

時間をもどしたい。さっきのつづきをやり直したい。あたしはアレクサンダーがいるほうへ目をやった。

「ベッキーと映画にでも行ったの？」

しぶしぶ家に入ったあたしに、ママは聞いた。

「ううん、ママ、墓地に行ったの」

「一度でいいから、まともに答えてくれないものかしら！」

今日ばかりはまともに答えたのに。

後ろを振《ふ》り返《かえ》って肩ごしに、最後にひと目彼を見た。夢にまで見たゴシックの友。ママがドアを閉めて、天国のような初デートは幕を閉じた。

18 映画狂《きょう》

あたしはどんなときも遅刻《ちこく》する。ディナーも学校も、映画にだって。でも今夜は早い。6時45分に屋敷《やしき》に着いた。アレクサンダーはみずからあたしを出迎《でむか》え、礼儀《れいぎ》正しくほおにキスをくれた。あたしはドキッとした。

屋敷に忍《しの》びこんだあたしにクモの指輪をつけた手をさし出したあの晩より、アレクサンダーはずっといきいきしていた。自信をつけてきていた。

大階段をのぼり、娯楽室《ごらくしつ》に案内された。ポップな花の絵に、アンディ・ウォーホルの〈キャンベル・スープ缶《かん》〉、バービー人形の彫刻《ちょうこく》、毛足の長いド派手なカーペット――モダンアートの宝庫だ。黒いレザーのソファに大画面テレビ。ガラステーブルの上は、映画館の売店そのものだった。巨大なカップに入ったポップコーンやチョコ、グミ、キャンディがたくさん。蛍光《けいこう》グリーンのふたつのグラスには、ソーダがなみなみと注がれていた。

「映画館みたいな気分を味わってほしくて」と彼《かれ》は説明した。

DVDをセットして、部屋の明かりを消す。あたしたちは暗闇《くらやみ》で寄りそった。ポップコーンのカップはソファの上、ふたりのあいだに置かれた。

画面の中で、ドラキュラがルーシーに牙《きば》を立てようとしていた。その瞬間《しゅんかん》、アレクサンダーがあたしの顔をやさしくテレビからそらせた。

見つめる瞳《ひとみ》は、奥深《おくぶか》い真夜中の色をしていた。顔が近づいてくる。そして彼はあたしにキスした。情熱的に。キスされた！　とうとうキスされた！　ベラ・ルゴシの前で！

アレクサンダーはあたしを吸いこむようにキスをした。心臓が血管が、愛で満たされていく。あたしがくちびるを離《はな》して息をすると、彼は耳にキスをした。耳たぶをやわらかくかじる。あたしはこわれたみたいに、キャッキャッと笑いころげた。彼のくちびると歯が首筋をはって、おりていく。あたしの気持ちはどうしようもなく高ぶった。首をそっと噛《か》まれる。くすぐったい。彼の魔法《まほう》にかかったように、意識がもうろうとしてきた。足が勝手にテーブルのほうへ伸びる。次の瞬間、アレクサンダーのグラスが倒《たお》れ、ポップコーンが彼の体の上にこぼれた。驚《おどろ》いた彼の歯が首に深く刺《さ》さり、あたしは悲鳴をあげた。

「まずい！　ごめんね！」アレクサンダーはあやまった。

飛び散ったポップコーン。あたしは心臓みたいに脈打つ首筋を押《お》さえた。

「レイヴン、大丈夫《だいじょうぶ》かい？」

脳から血がどんどん引いていく。部屋がグルグルと、メチャクチャな方向にまわりはじめた。おなかの底がムカムカする。興奮のあまり気絶しちゃう女の子って、なさけない。でもあたしはまさに、その女の子になってしまった。

「レイヴン？　レイヴン？」

あたしはアレクサンダーに名前を呼ばれて、意識を取りもどした。何時間もたった気がしたけど、実際には数秒のことだった。ドラキュラはまだルーシーの部屋にいた。さっきと変わったのは、あたしたちのいる部屋の明かりがついたところくらいだった。

「何が起こったの？」

「気を失ったんだよ！　ほら、飲んで」

アレクサンダーは赤ちゃんにするみたいに、あたしのくちびるにグラスをあてた。

「ほんとにごめん！　こんなことになるとは……」

青白い顔が、よけいに青白くなっていた。こぼれた氷をテーブルから拾い、あたしの首筋にあてがう。

「冷たいわ！」思わず叫《さけ》んだ。

「何もかもブチこわしだね」

溶《と》けていく氷をあたしの首にあてたまま、彼は言った。

「そんなこと言わないで。よくあることよ」

アレクサンダーが疑いの目でにらんでいる。

「そうよね。よくあることでも、みんなに起こることでもない。あなただけよね」

「痛い思いをさせる気はなかったんだ」

彼は指先で、あたしの傷をなぞった。

「皮膚《ひふ》の下だけだ。表面のケガはないよ」

「そうなの？」

かなりがっかりした。

「今回のほうが蚊《か》に刺《さ》されたときより重傷さ。立派なキスマークができるよ！」

「ベラ・ルゴシのお手柄《てがら》ね」

あたしはドラキュラ役のルゴシの顔を思《おも》い浮《う》かべながらそう言って、彼の反応《はんのう》を待った。

「ああ」彼はうなずいた。「そうなるかな」


「聞きたいことがあるの」

あたしはおずおずと切りだした。うちの玄関《げんかん》はもう目の前。アレクサンダーをダンスに誘《さそ》うチャンスはなかなかやってこない。いま言わなければ、きっと一生言えない。

「もう会いたくないんだね？　聞いてよ、レイヴン――」

「ちがうの。そうじゃなくて……あたしが言いたいのは……」

「何？」

「えーと……ダンスができる場所を見つけたの」

まずはこんなすべり出し。

「ダンス？　この町で？」

「そうよ」

「クールなとこ？」

「ううん。でもね——」

「でもきみが行けば、どこでも世界一おしゃれな場所になるよね」

「うちの学校なの」

「学校？」

「冴《さ》えない話よね。言うんじゃなかった」

「学校のダンスパーティーには行ったことないんだ」

「ほんとに？　あたしもなの」

「じゃあ、ふたりにとって初めての経験になるんだね」

アレクサンダーはセクシーな笑顔を見せて言った。突然《とつぜん》自信がわいたみたいだ。

「そういうことになるかもね。〈スノーボール〉ってパーティーなの。首の傷はウールのスカーフで隠《かく》していくわ」

あたしは冗談《じょうだん》めかして言った。

「ごめんよ。わざとじゃないんだ。あれは偶然《ぐうぜん》の事故なんだ」

「いままでに起きたなかで最高の事故よ」

前かがみになってキスをしようとしてきたアレクサンダーが、途中《とちゅう》で急にやめた。

「やっぱりやめとく」

「やめちゃダメ！」

アレクサンダーは再び前かがみになった。力強い手があたしのあごをやさしくつまんで、こんどはふたりのくちびるが溶けあった。

「また会えるときまで」

彼はそう言って、もう一度キスをした。車に乗ってからも、最後の投げキスをくれた。あたしは彼に噛まれた傷あとに触《ふ》れた。自分が変わりはじめているのはわかってる。それを確かめたいから、鏡に映らなくなるのはいまは困る。

太陽にあたっても身体は溶けない。鏡が割れることもない。ニンニクのにおいをかいでも平気。それでもあたしはちがう面で、アレクサンダーのパワーを感じていた。コウモリになって空を飛んでるみたいに、足がふわふわしてる。夜どんなにがんばっても眠《ねむ》れない。気持ちが高ぶって、彼の顔を思い浮かべ、キスの瞬間を何度も何度もリフレインしてしまう。授業中は、ずっといたずら書き。ハートでかこんだふたりの名前がノートを埋《う》めつくす。1秒残らずいっしょにいたい。彼の正体がなんであろうと、あたしのアレクサンダーなのだから。おもしろくて、頭がよくて、思いやりがあって、孤独《こどく》で、イケメンで、夢みたいなアレクサンダー。会う前に想像していたよりはるかにすごい、特別な人だった。

あたしは自分が変わっていくのがうれしかった。ずっとあこがれてきたのとはちがう変わり方でも。太陽を嫌《きら》う気もなくなった。彼といっしょにハワイの夕日が見たい。血より、アレクサンダーの蛍光グリーンのグラスでソーダを飲みたい。アイスクリームにホラー映画、夜のブランコ――いままでも大好きだったけど、これからは彼と楽しみたい。

「ヴァンパイアとつきあってるんだって？」

スノーボール・パーティーの前の日、トレヴァーに声をかけられた。ランチがすんで、ベッキーとホールを歩いていたときのことだ。ポスターが天井《てんじょう》から吊《つ》られ、壁《かべ》にも一面はりつけられていた。

「自分がバケモノってだけじゃ満足できないのか？　こんどはイカレ野郎《やろう》とデートかよ？」

「何も知らないのはそっちよ！　アレクサンダーと会ったこともないくせに」

「へえ、アレクサンダーか。モンスターにも名前があったわけだ。今後会うことがあったら、ケツを蹴《け》とばして、町からたたき出してやるさ！」

「彼に近づいたりしたら、あたしがあんたのケツを蹴とばしてやる！」

「おまえと似たもの同士なら、サングラスをかけて見ないとな。目がつぶれたら困る」

スミス校長が横を通りかかった。

「きみたちふたり、平和に仲良くやってくれてるんだろうね。新しいロッカーを買う予算はないんだ」

そして校長は、あのバカの肩《かた》に腕《うで》をまわして言った。

「昨日の試合じゃ、決勝ゴールをきめたそうじゃないか、トレヴァー」

ふたりは背を向け、歩き出した。校長は、あたしに未練を残すトレヴァー相手に、いかにも体育会系の会話を熱心に展開してた。

「あたしがアレクサンダーと会ってるって、どうやって知ったのかな?」

腑《ふ》に落ちないあたしはベッキーに疑問を投げかけた。

「あー、たぶんうわさじゃない……ほら、この町の人たちってうわさ好きだから」

「まあ、くだらない連中だもんね」

「聞いて、レイヴン、話があるの」

ベッキーがふだんにもましておどおどした声で何かを言いかけた。

でもあたしはパーティーのポスターに気を取られていた。《ただいまチケット売り出し中。前売りなら5ドルお得》。

「チケット？　何それ！　チケットがいるなんて知らなかった！」

あたしは笑った。

「完売してたら、校庭の芝生《しばふ》で踊《おど》らなきゃならないね」

あたしはおどけたけど、ベッキーは笑おうとしなかった。

「たぶん屋敷でふたりきりで踊るのがいちばんよ」

「アレクサンダーをつれて登場したときのトレヴァーの顔が見られなくても？」

「トレヴァーはすごくもの知りなのよ、レイヴン」

ベッキーが妙《みょう》なことを言った。

「それはよかった。だったらいい大学に進学できるじゃない。それがどうしたの？」

「あたしはトレヴァーが怖《こわ》いの。父さんの畑の半分は、あいつのお父さんの土地だもの」

「トウモロコシ？　それとも砂糖？」

「あたし、レイヴンに隠《かく》してることがある……」

「日曜に聞くよ。トレヴァーのことは気にしちゃダメだよ。ただのいじめっ子なんだから」

「あたしはレイヴンみたいに強くないの。あたしたち親友だけど、トレヴァーは話したくないことまで、人に話させる方法を知ってるの。お願い——パーティーには行かないで」

ベッキーはあたしの腕にすがりついた。

そこで始業のベルが鳴った。

「行かなくちゃ。これ以上、放課後に居残りさせられるとまずいんだ。パーティーに行かせてもらえないもん」

「だからレイヴン……」

「心配しないで。おっかないモンスターが来たら、あたしが守ってあげるから」

19 スノーボール・ダンスパーティー

残りの授業は、じっと聞いてなんかいられなかった。数学も歴史も地理も国語も、全滅《ぜんめつ》。フットボール場の観覧席の下で、アレクサンダーに贈《おく》る愛の詩をつづってすごした。転がるように家へ帰って、自分の部屋でくるくる踊《おど》った。持っている服を総動員して、100万通りのコーディネートを試した結果、完璧《かんぺき》な組み合わせにたどり着いた。

「大丈夫《だいじょうぶ》なの？」

ビリーが部屋に首だけつっこんで聞いてきた。

「飛びはねて、ダンスしてるだけよ、あたしの最高に大切なかわいい弟くん」

気持ちをおさえられなくて、ビリーを思いきり抱《だ》きしめて、頭にキスした。

「ついにおかしくなっちゃったの？」

ビリーは言った。あたしは深いため息をついた。

「あんたもいつかわかるわ、魂《たましい》が通じ合うだれかに出会ったら」

顔がにやけてしまう。あたしは弟の髪《かみ》をクシャクシャにしながら言った。

「さあ出てって。お姉ちゃんは、舞踏会《ぶとうかい》に出かけるしたくをしなくちゃ」

「ダンスパーティー？」

「そう」

「だったらきっと……いちばんの美女はお姉ちゃんだね」

「あんた、まさかクスリはやってないよね？」

「お姉ちゃんがいちばんだよ……黒い口紅の似あういちばんの美女」

「それでこそ、あたしの弟よ」

ついに正装が完成して、気取ってキッチンに登場した。かかとの高いエナメルのニーハイブーツに黒い網《あみ》タイツ、黒いミニスカート、黒いレースのタンクトップ、黒いメタルのブレスレット。首のキスマークは黒いカシミアのスカーフで隠《かく》した。指のない手袋《てぶくろ》から黒いマニキュアを塗《ぬ》った爪《つめ》がのぞく。黒い氷みたいに光るこの爪が、今日のファッションのポイントだ。パーティーのテーマ〈スノーボール〉につながっている。

「そんなかっこうして、どこへ行こうっていうの？」ママが聞いた。

「ダンスパーティーよ」

「ベッキーと？」

「いいえ。アレクサンダーと」

「アレクサンダーってだれ？」

「あたしの運命の恋人！」

「いま、恋がどうのと聞こえたけど、なんの話かな？」

パパがキッチンに入ってきた。

「レイヴン、そんなかっこうをしてどこへ？」

「運命の恋人とダンスに行くんですって」ママが答えた。

「そんな服で外出なんてとんでもない！　それに恋人ってだれなんだ？　学校の子か？」

「アレクサンダー・スターリングよ」あたしは高らかに宣言した。

「まさか、あの屋敷《やしき》に住んでるスターリング家の?」パパが聞く。

「きまってるじゃない!」

「スターリングのうちの子なんてとんでもないわ!」

ママはショックを受けていた。

「おそろしいうわさを聞いてるのよ! 墓地をうろついてるし、昼間出かけてるところをだれも見たことがないって。まるでヴァンパイアじゃない」

「あたしがヴァンパイアとダンスに行くとでも思ってるの?」

両親はあたしを不思議そうに見つめて、だまっていた。

「それじゃ、この町のみんなと同じじゃない。そんなのイヤ!」あたしは叫《さけ》んだ。

「ハニー、町じゅううわさでもちきりなのよ」

ママがゴシップを持ち出した。

「つい昨日、ナタリー・ミッチェルが言ってたけど——」

「ママ、あたしとナタリー・ミッチェル、どっちを信じるの？　今夜はとっても大切な夜なの。アレクサンダーもダンスパーティーは初めてなのよ。すっごくすてきで、頭のいい人で、いろんな教養があるの。アートにもくわしくて——」

「墓場にもくわしいのか？」パパが聞いた。

「みんなが言っているような人じゃないの。太陽系一、どうしようもなくすばらしい男の子なの——ちなみにパパは別格よ」

「よし、そこまで言うなら、楽しんでおいで」

「ポール！」

「サラ、ぼくはレイヴンがダンスに行くのがうれしいんだ。強制されずに自分から学校へ行くなんて。近ごろの行動のなかじゃ、いちばんまともじゃないか」

ママはパパをぎろりとにらんだ。

「でもその服はダメだ」パパはくり返した。

「パパ、ヨーロッパで超《ちょう》はやってるファッションだよ！」

「だがここはヨーロッパじゃない。タートルネックが超はやってる、小さくて静かな町だ。みんな長そでシャツのボタンを上まで止めて、ロングスカートをはいてる」

「ありえない！」あたしは断固として言った。

パパはクローゼットに向かった。

「ほら、これを着なさい」

差し出したのは、自分のスポーツコートだった。

「黒だろ」

あたしはあきれ返って、パパの顔を見つめた。

「このコートか、黒いバスローブを貸そう」

バスローブよりはマシよね……。あたしはしぶしぶコートを手にとった。

「その太陽系一、どうしようもなくすばらしい男の子が来たら、紹介してもらえるの？」

ママが口をはさんだ。

「冗談《じょうだん》でしょ？」あたしは面食らった。

「紹介なんてとんでもない！」

「そりゃそうよね。デートしてたことさえだまってたんだから。まさかダンスパーティーへ行くなんて思いもしなかったわ」

「あれこれ詮索《せんさく》して気まずくさせたいだけでしょ」

「それがデートってものさ。親の取り調べに耐《た》えて初めて、ふたりは晴れて出かけられる」

パパは意地悪だ。

「あんまりよ！　人生最大の夜だっていうのに、ふたりしてぶちこわそうとしてる！」

家の前に車がとまる音が聞こえた。

「彼《かれ》が来た！」

窓の外をのぞきながら、あたしは叫んだ。

「パパもママもダサいとこ見せないで！」

あたしはそわそわ行ったり来たりしながら言った。

「それに、お墓の話はいっさいなしよ！」

あたしは頼《たの》みこんだ。

今夜は結婚式《けっこんしき》の日みたいに完璧にしたかった。なのに急に、式場を逃《に》げ出《だ》したい花嫁《はなよめ》の心境になってしまった。

両親がデートの相手に会おうとしてる。手がふるえはじめた。パステルカラーのソファにすわらされた彼が、どうかパニックを起こしませんように。

玄関《げんかん》チャイムが鳴った。あたしは飛んでいって、彼を迎《むか》えた。アレクサンダーは、目もくらむほどかっこよかった。光沢《こうたく》のある黒いシックなスリーピースのスーツに、赤いネクタイをしめている。手には花柄《はながら》のペーパーでラッピングされた箱をかかえていた。

「ワーオ！」

アレクサンダーはあたしの全身を見て言った。

「ニット帽《ぼう》とかスノーブーツを身につけてくるべきだったね」

アレクサンダーはばつが悪そうに言った。

「パーティーのテーマにぜんぜんそってない」

「気にしないで！　会場でいちばん、あなたがかっこいいはずよ」

あたしは賞賛を贈《おく》り、彼の手を引いてリビングへと案内した。

「これが両親。サラとポール・マディソンよ」

「お目にかかれて光栄です」

アレクサンダーは緊張《きんちょう》した様子で、手をさし出した。

「お話はよく聞いてるわ」

ママが晴れやかな表情で、彼の手を握《にぎ》った。

あたしは冷たい視線を送った。

「どうぞすわって」ママはかまわずつづけた。「何かお飲みになる？」

「けっこうです」

「まあ楽にして」

パパはそう言って、ソファを指し示すと、自分は指定席のベージュのリクライニングチェアに身体をのばした。

やれやれ。男の子を家につれてきたのは、これが初めて。パパは思いきりいばってみせるつもりだ。これからはじまる尋問《じんもん》をアレクサンダーがクリアしなければ、ゴールには行き着けない。さっさと片づくことを祈《いの》るばかりだ。

「ときにアレクサンダー、この町に越《こ》してきた感想は？」

「レイヴンと出会ってからは、本当にすてきなことばかりです」

彼は礼儀《れいぎ》正しく答えて、あたしにほほえみかけた。

「それで、ふたりはどうやって知り合ったのかな？　きみは学校に通ってないのに。レイヴンは、そこのところを言わなかったものでね」

やばい！　あたしはいすでモジモジしはじめた。

「なんていうか、ただばったり会ったんです。ほら、ありますよね、あるときある場所で出会うべくして出会う。よく言われるように、タイミングと運の問題です。あなたのお嬢《じょう》さんと出会ったってことは、ぼくはすごく運がいい人間だと思います」

パパはぎろりと彼をにらみつけた。

「あ、いえ、想像されてるような関係じゃありません」アレクサンダーはあわててつけ足した。

いつもは幽霊《ゆうれい》みたいに青白い顔が真っ赤《まか》にほてってってる。あたしは必死に笑いをこらえた。

「ご両親のお仕事は？　町にはあまりいらっしゃらないようだね？」

「父は画商をしています。ルーマニア、ロンドン、ニューヨークで画廊《がろう》を開いてます」

「それは魅力的《みりょくてき》だ」

「いい仕事です。でもうちにはほとんどいません」アレクサンダーは言った。

「あちこち飛びまわってばかりで」

ママとパパは顔を見合わせた。

「もう行かなくちゃ。遅《おく》れちゃう！」あたしはすかさず口をはさんだ。

「忘れるところだった」

アレクサンダーはそう言い、おずおずと立ち上がった。

「レイヴン、きみにプレゼントがあるんだ」

あたしは花柄の箱を受け取った。

「ありがとう！」

あたしはぎこちなくほほえんで、包み紙を破った。箱から出てきたのは、華《はな》やかな赤いバラのコサージュだった。

「きれい！」

「なんて、すてきなの！」ママは感激してた。

あたしの胸のところに、アレクサンダーがコサージュのピンを留めようとしたけど、あがっているせいで、なかなかうまくいかない。

「痛い！」

「刺《さ》しちゃった？」彼がたずねた。

「ちょっと指に刺さったけど、平気よ」

彼はあたしの指先にふくれあがった小さな血の玉を食い入るように見つめている。

ケガした指をあわてて口にくわえた。「もう行かないと」

「ポール！」ママは助けを求めた。

でもパパのほうがわかっていた。娘を引き止めるために、もうできることはないって。

「コートを忘れるな」パパはそれしか言わなかった。

あたしはコートとアレクサンダーの手をつかんで、外へと引っぱっていった。


駐車場《ちゅうしゃじょう》に着くと、もう音楽が聞こえた。赤いカマロはどこにも見あたらない。あたしたちの安全は確保された――いまのところは。

「コートを忘れないで」

車をおりようとするあたしに、アレクサンダーが声をかけた。

「あたしをあっためるのは、あなたの仕事よ」

あたしはウィンクして、コートを後部座席に置き去りにした。

北極の寒さにそなえて着ぶくれしたふたりのチアリーダーが、おびえた目であたしたちを見た。

あたしは距離《きょり》を置いて、アレクサンダーを先導した。正門に着いても、アレクサンダーは子どもみたいにきょろきょろして落ちつきがない。学校というものを初めて見るみたいに、校舎を興味しんしんに観察してる。

「このまま引き返してもいいのよ」あたしは念を押した。

「いや、平気さ」

彼はそう言い、あたしの指を強く握りしめた。

廊下《ろうか》でしゃべっていたふたりの体育会系男子が、あたしたちを見たとたんピタリとだまり、じっと見つめている。

「目玉が床《ゆか》に落ちてるわよ」

アレクサンダーがゴールキーパーの横を通り過ぎる瞬間《しゅんかん》に言ってやった。

〈スノーボール〉のポスターに、掲示板《けいじばん》のメッセージ、トロフィーの入ったケース——アレクサンダーは何もかもがめずらしいようだ。

「いままで学校に一度も来たことがないの?」思わずたずねた。

「そうなんだ」

「驚《おどろ》いた！　世界一ラッキーな人ね。学校のランチを食べなくてすんだんだから、胃腸はきっと健康よ！」

「でも学校に来てれば、もっと早くきみに会えてた」

あたしはアレクサンダーにひしっと抱きついた。

モニカ・ハーヴァースとジョディ・カーターがすぐ横を通り過ぎたあと、あわてて振《ふ》り返《かえ》った。フワフワの前髪《まえがみ》の下から、目玉が飛び出しそう。

何か言われたら闘《たたか》う準備はできていた。でも腰《こし》を抱くアレクサンダーの手が、あたしを《カッカしちゃダメだ》となだめてるのがわかった。女の子たちはひそひそ話したりクスクス笑ったりしながら、特ダネをかかえて体育館のほうへと歩いていった。

「あたしが化学を勉強してない教室」

そう言って、鍵《かぎ》のかかっていない化学室のドアを開けた。

「よくこっそり忍《しの》びこむの。チョロいもんよ」

「あのさ、前から聞きたかったんだけど、なんできみはぼくの家に――」

「これ見て！」

実験テーブルの上のビーカーを指さして、話をさえぎった。

「謎《なぞ》の薬品や爆薬《ばくやく》がたくさんあるんだけど、あなたは怖《こわ》くないみたいね」

「楽しいよ！」

アレクサンダーは高級なワインみたいに、ビーカーをかかげてみせた。

あたしはアレクサンダーを席につかせると、黒板に彼の名前を書いた。

「カリウムの元素記号を知ってる人は手をあげて」

彼は天井《てんじょう》へ向かってまっすぐに手をあげた。「はい！」

「では、アレクサンダー君」

「Kです」

「正解。今年の単位をあげよう！」

「マディソン先生？」

アレクサンダーはもう一度手をあげて言った。

「何？」

「少しのあいだこっちに来てもらえますか？　個人指導してほしいんです」

あたしは教壇《きょうだん》を離《はな》れた。彼はあたしをひざに乗せると、やわらかく口にキスした。開いたドアの外を女の子たちの笑い声が走り去るのが聞こえた。

「会場に行こうか」アレクサンダーが提案した。

「いいえ、かまわないわ」

「きみが仲間はずれになるのはイヤなんだ。それにパーティーに行かなくちゃ」

アレクサンダーはあたしを立ち上がらせ、自分も立った。

手をつないで教室を出た。ふたりのあいだに起こる化学反応《はんのう》は、このうえなく強い。振り返ると、彼の名前はまだくっきりと黒板に浮《う》かび上《あ》がっていた。

体育館に近づくにつれて、冷たい視線を感じはじめた。みんな、ちがう惑星《わくせい》から来た生き物みたいにアレクサンダーを見る。ふだんあたしを見ている目とおんなじだ。

おせっかいな代数の教師、フェイ先生が入り口に立ってチケットを集めていた。

「パーティーには時間どおりに来られたのね、レイヴン。代数の授業で同じことができないのが残念だわ。学校では見かけない紳士《しんし》だけど」

先生はアレクサンダーを値踏みしながら最後に言った。

「学校には通ってませんから」

あなたはだまってチケットを受けとればいいの！　紹介《しょうかい》なんかすっとばして、あたしはアレクサンダーを中へと引っぱっていった。

ダンスフロアに足を踏《ふ》み入《い》れた。アレクサンダーといっしょだからか、初めてのダンスパーティーだからか、理由はわからない。でも白がこんなにすてきな色に見えたのは初めてだ。天井に飾《かざ》られたプラスチックのつららや雪の結晶《けっしょう》。床《ゆか》一面をパウダースノーがおおっている。人口雪が天井からひらひら舞《ま》っている。みんなはキラキラした冬物のドレスや、コーデュロイにセーター、手袋、マフラー、帽子《ぼうし》といった衣装だった。エアコンの吐《は》き出《だ》す冷気があたしを芯《しん》から冷やす。

スコアボードの下には、カキ氷やサイダー、ココアといったスナックが用意されていた。生徒たちのグループの前を通り過ぎるたびに、ささやきや笑い、息をのむ音が聞こえた。バンドのメンバーたちまで、あたしたちふたりに注目していた。

バンドがエレクトリック版〝ウィンター・ワンダーランド〟の演奏をはじめた。

「踊ってもらえる?」

手をさし出して、あたしはたずねた。

パウダースノーを踏んでダンスフロアに向かうと、うれしくてつい笑みがこぼれた。まるで天国にいる気分。このパーティーでいちばんのパートナーをつれているのはあたし。アレクサンダー以上にすてきな人なんてだれもいない。ダンスだって夢みたいに上手だ。自分たちがのけ者だってことは忘れて、のびのび踊った。〝コールド・アズ・アイス〟〝フロスティ・ザ・スノーマン〟——一曲、また一曲、あたしたちは休まず踊りつづけた。

バンドが〝アイ・メルト・ウィズ・ユー〟を歌いはじめた。粉雪が降りつもるなか、体育館全体がくるくると回転する。アレクサンダーとあたしは笑いころげた。音楽が止まる

と、あたしはアレクサンダーにしがみついた。まるでふたりきりのダンス。でももちろん現実はちがう。ここはふたりだけの世界ではないことを、聞き慣れた声が思い出させた。

「病院はおまえが脱走《だっそう》したのを知ってるのか？」

トレヴァーがアレクサンダーの横に立った。

あたしはアレクサンダーをスナックコーナーにつれていって、チェリーのカキ氷をふたつつかんだ。

トレヴァーはしつこくあとをついてきた。

「トレヴァー、どこか行って！」

やつの前に立ちはだかって、あたしは言った。

「生理前で気が立ってるフランケンシュタインの花嫁か？」

「いいかげんにして！」

背を向けたのでアレクサンダーの顔は見えなくなったけど、肩《かた》に手の感触《かんしょく》があった。あたしを行かせまいとしている。

「こんなのは、まだ序《じょ》の口《くち》だからな、レイヴン。ほんのさわりだ！　地下牢《ちかろう》でダンスパーティーはやらないのか？　学校に通ってる人間しか来ちゃいけないパーティーだぞ」

トレヴァーがアレクサンダーに言いはなつ。

「もっとも地獄《じごく》に、そんなルールはないんだろうけどな」

「パートナーといっしょに来たんじゃないの？　それともマットがパートナーなの？」

いやみっぽく言ってやった。

「おもしろい。頭のキレる女だ」

トレヴァーはアレクサンダーに向かって言った。

「だが、ほめられるほどじゃない。まだまだだ。おれのパートナーならあそこだよ」

トレヴァーは入り口をさした。

目をやると、ベッキーがおどおど立っているのが見えた。長いプリーツスカートに淡《あわ》いピンクのセーター。白いハイソックスにローファーをはいている。

あたしのハートは床に落っこちた。胸がムカムカする。

「ちょっとイメージチェンジしてやった」

トレヴァーは得意げに言った。

「ベッキーに指1本触《ふ》れたら、殺してやる！」

あたしはトレヴァーに詰《つ》め寄《よ》って、わめいた。

「まださわっちゃいないさ。でも時間はある。パーティーははじまったばかりだからな」

「レイヴン、どうなってるの？」

アレクサンダーはあたしを自分のほうに向かせて、問いかけた。

トレヴァーはベッキーにこっちに来るよう合図した。ベッキーはあたしから目をそむけて近づいてくる。トレヴァーは彼女《かのじょ》の手をつかみ、ほおに軽くキスした。全身を悪寒《おかん》がかけぬけ、吐き気が襲《おそ》ってきた。

「ベッキーから離《はな》れて！」

あたしは彼女の手をつかんで、引き離そうとした。

「レイヴン、きみを目の敵《かたき》にしてるこの男はだれなんだ？」

アレクサンダーがたずねる。

「つまりおれのことを知らないわけか？　おれたちの関係も？」

トレヴァーはえらそうに聞いた。

「〝おれたち〟なんて関係じゃない！」

あたしは必死に打ち消した。

「あたしのことがしゃくにさわるのよ。この男をイケてると思ってないのは学校であたしひとりだから！　だから何かとからんでくるの。でもトレヴァー、なんだってベッキーやアレクサンダーまで巻きこむわけ？」

ベッキーはうつむいてつっ立ったまま、けっして顔を上げようとしない。

「なあ、そろそろレイヴンを解放してくれないか？」

アレクサンダーが口を開いた。

「〝なあ〟だと？　おれはいつからバケモノ人間のダチになった？　いっしょに町に出かけたり、サッカーができるのか？　おとなしく墓場に引っこめ」

「トレヴァー、もう許さない！　いますぐたたき出してやる！」

あたしはすごんだ。

「レイヴン、もういいから」アレクサンダーは言った。「踊りに行こう」

「ベッキー、そいつから離れて！」

あたしは一歩も動かず叫んだ。

「ベッキー、なんとか言って！　だまってないで！」

「こいつはだまってなんかいないぜ」

トレヴァーがあきらかにした。

「いろいろしゃべった。愉快《ゆかい》だぜ。この町の連中《れんちゅう》は、おやじの畑がたばこの吸いがらで火事になるかもしれないと聞くと、とたんに口が軽くなる。だまっていられないんだ」

トレヴァーはあたしの顔をまっすぐ見て、言った。

そしてアレクサンダーに目を向けた。

「だれが本物のゴシップ中毒か、いまにわかるぜ。せいぜい覚悟《かくご》しろ！」

ベッキーは自分のローファーをじっと見つめていた。

「ごめんね、レイヴン。今夜は来ちゃダメって止めたかったんだけど」

「彼はなんの話をしてるの？」アレクサンダーが不思議そうにたずねた。

「行きましょう」あたしは言った。

「ヴァンパイアの話だよ！」トレヴァーがきっぱり言った。

「ヴァンパイア！」アレクサンダーが強く反応した。

「だまんなさいよ、トレヴァー！」

「うわさの話だよ！」

「うわさってどんな？」アレクサンダーは言った。「ぼくは大切な彼女といっしょにいたくて、ここに来たんだ」

「〝彼女〟だって？」トレヴァーがあっけにとられてたずねた。

「ふたりは正式につきあってるってことか。永遠の命をともに生きるつもりなんだな？」

「いいからだまるの！」あたしは強く命じた。

「こいつの家に押し入った理由を教えてやれよ！　おまえが何を見たのか！」

「わかった。トレヴァー、外に出よう」

あたしが歩きだしても、トレヴァーは動かなかった。

「なんで自分の身をさし出すようなまねをしたのか、理由を教えてやれよ」トレヴァーはつづけた。

「それ以上ひとことも言わせない！」

「なんで墓場までついていったのか、その男に話せよ！」

「だまれと言ったのが、聞こえないの!?」

「ついでに気絶した理由も白状するんだな」

「うるさい！」

「おまえが1時間ごとに鏡をのぞきこむ理由もだ！」

「いったいなんの話？」アレクサンダーはあたしを見つめ、答えを求めていた。

「これについても説明するんだな」

トレヴァーは、あたしの首の噛《か》み傷のポラロイド写真をアレクサンダーに突《つ》きつけた。彼の家で映画を見て気絶した翌日、ベッキーにためしに撮ってもらった1枚だ。

アレクサンダーは写真を引ったくり、目を凝《こ》らした。

「これがなんだって言うんだ?」

「この女はおまえさんをためしたんだ」トレヴァーは言った。

「おれがはじめたうわさ話が、雪だるま式にふくらんでったんだよ。おれがしくんだとおり、この町の全員が、おまえがヴァンパイアだって信じた。笑えるのは、おまえのかわいいレイヴンちゃんが、だれよりもそのうわさを信じたってことだよ!」

「だまれ!」

あたしは叫んで、溶《と》けかけたカキ氷をトレヴァーの顔に引っかけた。

ほおからチェリー色の氷水をしたたらせて、トレヴァーは笑った。アレクサンダーは写真を見つめたままだった。

「何をしてる?」ハリス先生が飛んできて、聞いた。

あたしを見るアレクサンダーの目には、不信と混乱が宿っていた。途方《とほう》にくれて視線を泳がせる彼を、野次馬《やじうま》たちが棒立ちでとりかこんで、反応を待った。アレクサンダーは乱暴にあたしの手をつかみ、外へつれ出した。外は小雨《こさめ》がそぼ降っていた。

「待って！」

ベッキーが叫びながら、あたしたちのあとを追ってきた。

「どういうことなんだ、レイヴン？」

アレクサンダーはベッキーを無視して、あたしを問いつめた。

「きみがうちに忍びこんだことを、どうしてあの男が知ってるんだ？　墓地のことをなぜ？　なんで気絶したことまで知ってる？　どうなってるんだ？」

アレクサンダーはそう言って、ポラロイド写真を突きつけた。

「アレクサンダー、誤解よ」

「うちに忍びこんだ理由をきみは話してくれていない」彼は言った。

さびしげで深みがある、情感のこもったアレクサンダーの瞳《ひとみ》を見つめた。純真無垢《むく》で、

ひとりぼっちのアレクサンダー。そんな彼に何を話せる？　ウソだってつけない。だから
ただだまって、力いっぱい抱きしめるしかなかった。

写真がはらりと彼の手から落ちた。アレクサンダーはあたしをつきはなした。

「きみの口から答えを聞きたいんだ」

アレクサンダーは問いつめることをやめなかった。

涙《なみだ》がこみ上げてきた。

「あなたの家に入ったのは、うわさを否定する材料がほしかったから。みんながとやかく
言うのをだまらせたかったの。あなたたち家族に平和に暮らしてほしくて」

「なら、ぼくはただの幽霊話の一部にすぎなかったのか。それを確かめにきたんだね？」

「ちがうわ！　ちがう！　ベッキー、そうじゃないって彼に説明して！」

「ちがうの！」ベッキーが必死に叫んだ。

「レイヴンはいつだってあなたのことばかり、しゃべってた！」

「レイヴン、きみはちがうと思ってたのに。でもぼくを利用した。ほかのみんなと変わら

なかった」

　背を向けたアレクサンダーの腕を、夢中でつかんだ。

「行かないで！　アレクサンダー！」

　あたしは懇願《こんがん》した。

「うわさを本気にしたのはほんとよ。でもひと目あなたを見て、わかったの。いままでだれにも、こんな気持ちを抱《いだ》いたことはない。あたしの取った行動の理由は、すべてそこにあるの」

「きみはありのままのぼくを好きになってくれたと思ってた。本人とはちがう、想像上の〝ぼく〟じゃなくてね。こうあってほしいと願う、理想の中だけの〝ぼく〟でもなくて」

　そして彼は走り去った。

「行かないで！」あたしは泣き叫んだ。「アレクサンダー……」

　でも、アレクサンダーは振り返りもしなかった。孤独《こどく》な屋根裏部屋へと一直線にかけていった。

あたしは猛然《もうぜん》と体育館へもどった。バンドは休憩中《きゅうけいちゅう》だった。みんなの視線が集まるなか、静まりかえったフロアをずんずんと横切った。

「ジ・エンド」

トレヴァーは高らかに宣言し、拍手《はくしゅ》をはじめた。

「ジ・エンド！　われながら、実によく書けたシナリオだった」

「あんたってやつは！」

あたしはわめいた。危険を察したハリス先生に、後ろからはがいじめにされた。

「トレヴァー、あんたってやつはこの世の悪魔《あくま》よ！」

両手を思いきり振りまわしても、サッカーコーチの腕《うで》から自由になることはできなかった。

「トレヴァー・ミッチェル、あんたは悪魔よ！」

あたしはまわりの連中の顔を見わたして、叫んだ。

「わからないの？　あんたたちがのけ者にしたのは、この町でいちばん人を思いやれる、すてきで、親切で、聡明《そうめい》な人。そのいっぽう、卑怯《ひきょう》で汚《よご》れきった、この悪意のかたまりみたいな怪物《かいぶつ》をのさばらせてる。自分たちと同じものを着てるって理由だけでね！　サッカーするこいつを見物して、パーティーで騒《さわ》いでさ、天使を追放したのよ。アレクサンダーが黒を着て、学校に来ないってだけでね！」

涙がほおをぬらす。あたしは走って表へ出た。

ベッキーがあとから追いかけてきた。

「ごめん、レイヴン。ほんとにごめん！」ベッキーは叫んだ。

あたしは無視して、屋敷への道をえんえんと走った。つるつるすべる鉄の門を苦労して乗《の》り越《こ》える。ポーチのライトのまわりを飛ぶ巨大な蛾《が》の群れ。あたしはヘビのドアノッカーを力まかせに鳴らした。

「アレクサンダー、開けて！　開けて、アレクサンダー！」

ついにライトが消され、蛾たちはあきらめて去っていった。あたしは玄関の前にすわりこんで泣きつづけた。暗闇《くらやみ》を心地いいと思えなかったのは、初めてだった。

20 ゲームオーバー

あたしはひと晩じゅう泣きつづけ、次の日も学校を休み、家にこもった。昼の12時になると屋敷《やしき》にかけつけた。くずれるかと思うほど門をゆすった。しまいには門を乗《の》り越《こ》え、ヘビのドアノッカーを鳴らした。屋根裏部屋のカーテンがゆれたのが見えたけど、だれも出てきてはくれなかった。

家に帰ると電話をかけた。ジェームソンは、アレクサンダーは寝《ね》ていると答えた。

「お電話があったとお伝えします」

「あたしがあやまってたと伝えて、お願い！」

アレクサンダーと同じようにジェームソンにも嫌《きら》われるのが怖《こわ》かった。

あたしは1時間ごとに電話をかけた。そのたびにジェームソンと同じ会話をくり返した。

「今日から家で勉強する！　二度と学校なんか行かない！」

次の朝ベッドから引きずり出そうとしたママに、そうわめいた。アレクサンダーはあたしの電話に出ない。あたしはベッキーの電話に出ない。

「いまに忘れるわ」

「ママなら、パパを忘れられた？　アレクサンダーはあたしのことをわかってくれる宇宙でたったひとりの人なんだよ！　なのにあたしはぶちこわした！」

「ちがうわ。ぶちこわしたのはトレヴァー・ミッチェルよ。あなたはあの子にちゃんと接してたわ。彼《かれ》はレイヴンと出会えて、幸運だったのよ」

目から涙《なみだ》がどっとあふれた。

「あたしにはそうは思えない。彼の人生をメチャクチャにしたのよ！」

ママはベッドの端《はし》に腰《こし》をおろした。

「あの子はあなたに夢中よ」

小さかったころビリーにしたように、ママはあたしを抱《だ》きしめてあやしてくれた。

「うちに来たあの子を見て、レイヴンにどんなに夢中かわかったわ」

ママはつづけた。「みんながあんな風にうわさして、残念よ」

「ママも、そういう〝みんな〟のひとりだったのよ」

あたしはため息をついた。「たぶん、このあたしも」

「いいえ、レイヴンはちがうわ。あるがままの彼を好きになった」

「そうだった——いえ、いまはそう。ほんとよ。でももう手遅《ておく》れなの」

「手遅れなことなんてないの。でも手遅れで思い出したけど、ママは遅刻《ちこく》よ！　パパを空港まで送っていかなきゃ」

「学校に電話して」あたしはドアのところまで行って、ママに頼《たの》んだ。

「〝恋の病《やまい》で欠席します〟って」


かけぶとんを頭まですっぽりかぶったまま、夜になるまで動けなかった。アレクサンダーに会って、許しを乞《こ》いたい。屋敷に行くこともできなければ、押し入ることもできない——こんどこそ警察を呼ばれるかもしれない。彼が行きそうな場所はたったひとつ——屋敷にいなければ、あそこにいるはずだ。

あたしは柵《さく》を乗り越え、ダルスヴィルの墓地に潜入《せんにゅう》した。背中のリュックにはスイセンの花束が入っている。足ばやに墓石のあいだをぬって、前にふたりで歩いた道をたどった。興奮と緊張《きんちょう》が入り混じっている。あたしが来るのを待ち、かけより、強く抱きしめて、キスを浴びせてくれるアレクサンダーの姿を想像した。

しかし次の瞬間《しゅんかん》、こんな考えが頭をもたげる——こんなあたしを許してくれる？　これが最初のケンカ？　それとも最後の？

ついに彼のおばあさまの墓にたどり着いたけれど、アレクサンダーはいなかった。

あたしは花をそなえた。おなかがえぐられたように痛んだ。

涙がこみあげた。

「おばあさま！」

大きな声で呼んでから、ふとまわりが気になった。でも、かまわずつづけた。

「おばあさま、あたしぶちこわしました。ぶちこわしたんです、大きな幸せを。お願いです。助けていただけませんか？　彼に会いたくて仕方ないの！　アレクサンダーは信じてるんです。あたしが彼のことをちがう世界の人間だと思ってるって。でもそれは、ほかの人たちとはちがうってことなんです。あたしとちがう世界の人だなんて思ってない。彼のこと、愛してるんです。助けてくれませんか？」

あたしは何かの〝サイン〟が現れるのを待った。不思議な現象、奇跡《きせき》を。頭上をコウモリが飛びはじめたり、大きな雷鳴《らいめい》がとどろいたり、なんでもかまわない。でも聞こえてくるのはコオロギの声だけだった。きっと奇跡やサインが現れるまでには、もう少し時間がかかるんだ。いまは希望を持ちつづけるほかない。

✝

恋の病は2日たっても治らず、3日、4日と長びいた。

「絶対に学校なんて行かないから！」

あたしは毎朝叫んで寝返りをうつと、眠《ねむ》りの国へもどっていった。

ジェームソンの応対は変わらなかった。アレクサンダーは電話に出られないの一点張り。

「時間が必要なのです」ジェームソンはそう説明した。

「どうかしんぼう強くお待ちください」

〝しんぼう強く〟？　1秒が永遠に思えるほど会えなくてつらいのに、どうやってしんぼうなんかできるっていうの？

土曜の朝、迷惑《めいわく》な訪問者が部屋にやってきた。

「きみに決闘《けっとう》を申しこむ！」

パパはそう言って、テニスラケットをベッドに投げて寄《よ》こした。カーテンを開けて、日の光を入れると、あたしの目はまぶしさにくらんだ。

「出てって！」

「運動しなきゃダメだ」

パパは、白いTシャツと白いテニススコートもベッドに投げた。

「これはママのだ！　さあ急ごう！　コートを予約してる時間まで、あと30分だ」

「そんなこといっても、テニスなんか何年もやってない！」

「知ってるよ。だからつれていくんだ。今日は勝ちたい気分でね」

パパはそう言って部屋を出ていき、ドアを閉めた。

「せいぜい勝てると思ってればいいわ！」

あたしはドア越《ご》しに宣戦布告した。


ダルスヴィルのカントリークラブは何年も前の記憶《きおく》と同じだった――気取った、たいくつな場所。ショップには、インストラクターが推薦《すいせん》するブランド物のテニススコートやソックスや蛍光色《けいこうしょく》のボールが山と売られている。ラケットの値段は不当に高い。ママのウェアを着たあたしは、ほぼ違和感《いわかん》なく溶《と》けこんでいる。ただし黒いリップさえ塗《ぬ》っていなければ。でもパパは止めなかった。

あたしはパパが打ってくるボールを復讐《ふくしゅう》の念を持って追った。一つひとつがトレヴァー・ミッチェルの顔に見えた。力いっぱい打ち返したのに、当然ながらボールはネットやフェンスに命中した。

「前は勝たせてくれたのに」

ランチをオーダーし終えると、パパに言った。

「ネットにたたきつけてばかりの相手をどうやって勝たせるんだ?」

「あたし、近ごろボールをまちがった方向にばかり打ってたのね。トレヴァーの口車に乗せられるなんて。うわさなんて信じちゃいけなかったの。信じたいと思っただけでもダメ。アレクサンダーに会いたくてたまらない」

ウェイターがあたしのガーデンサラダとパパのツナチーズサンドイッチを運んできた。あたしはボウルの中のトマトと卵、ロメインレタスをじっと見つめた。

「パパ、あたしがこの先アレクサンダーみたいな人とまた出会えると思う？」

「きみはどう思う？」

パパは逆にたずねて、サンドイッチをかじった。

「会えるとは思えない。たったひとりの特別な人なの」

涙がこみあげる。

パパがナプキンをわたしてくれた。

「きみのお母さんと会ったころ、パパはジョン・レノンみたいなめがねをかけて、髪《かみ》を背中の真ん中くらいまで伸《の》ばしてた。彼女《かのじょ》のお父さんには嫌われたよ。でもママとパパは同じ価値観で世界を見ていた。そこが大事なんだよ。ママを初めて見たのは水曜日。大学の芝生《しばふ》にいた。栗色《くりいろ》のベルボトムに白いホルターネックのシャツを着て、長い茶色い髪を指でもてあそびながら、何かを見上げてた。パパはそばに行って、何を見てるのかたずねた。〝母鳥がひなにえさをあげてるの。かわいいと思わない？〟。そして言ったんだ。〝大鴉《レイヴン》よ〟。それからエドガー・アラン・ポーの詩の一節をそらんじた。パパは笑ってしまったよ。それから、あれはただのカラスだよ、大鴉じゃないって教えたんだ。そしたらママはパパといっしょに笑った。〝でも同じようにかわいいわよね？〟って。パパは即座《そくざ》に答えたよ。ほんとだ、そのとおりだって。でもね、ママのほうがもっとかわいかった」

「それってほんとにあったこと？」

「本当は娘《むすめ》に話すべきことじゃないんだけどな」

あたしはその日両親が見たのがカラスで、リス《スクワイラル》じゃなかったことを宇宙に感謝した。リスだったら悲惨《ひさん》なことになっていた。

「パパ、あたしどうすればいい？」

「それは自分で考えなきゃダメだ。でももしまた自分のコートにボールが来たら、フェンスにたたきつけたりしないことだな。目を見開いて、正しいスイングを心がけるんだ」

食べきれなかったサラダは、持ち帰り用に詰《つ》めてもらった。

あたしはひどく混乱していた。どうしていいかわからなかった。ボールを打てばいいのか、来るのを待てばいいのか。パパが友達と肩《かた》を抱きあってあいさつしてるのを待ってると、声が聞こえた。

「きみのゲーム運びは手ごわいよ、レイヴン！」

見まわすと、マットがフロントのカウンターにもたれて立っていた。

「そんな腕《うで》ぜんぜんない！」

あたしは驚《おどろ》いて答えた。トレヴァーを目で探す。

「テニスの話じゃないよ」

「なんだっていうの？」

「学校での話、トレヴァーのことさ。安心しなよ、やつはここにはいない」

「それで、あたしに何かしかけるつもりなのね？」

ラケットを握《にぎ》りしめてたずねた。

「いや、その反対に終わらせたいんだ。彼がきみやベッキーやみんなにしてることを。ぼくだって被害者《ひがいしゃ》さ。いちばんの親友だけどね。でもきみはひとりで、この町のみんなを守ってる。ぼくらのことなんか好きじゃないくせにね」

マットは笑った。

「ぼくらはきみに意地悪をした。それでもきみはトレヴァーに立ち向かってくれてる」

「どっきりカメラの撮影でもしてるの？」

あたしは隠《かく》しカメラをきょろきょろ探した。

「きみはスパイスみたいに、町に刺激《しげき》をあたえる。ファンキーな服や言動でね。人にどう思われるかなんか気にしない。他人の評価を中心にまわってるこの町で」

「トレヴァーはギフトショップにいるんでしょ？」

あたしは店の中をうかがった。でも、マットはそのまま話をつづけた。

「スノーボールがおおぜいの気持ちを変えたんだ。トレヴァーは学校の全員を利用してた。結局みんなをバカにしてたのさ。スノーボールがぼくらを目覚めさせたんだ」

隠しカメラはなく、トレヴァーもいないことがわかった。マットはあたしをからかっているわけではないらしい。

「いまの言葉、アレクサンダーに聞かせたいわ」

あたしはやっとの思いで言った。

「彼とは会ってないの。もう二度と会えないかもしれない。トレヴァーが台なしにしたの」

またも涙がこみあげる。

「レイヴン、古い知り合いをつれてきたよ」

そこへ、パパが驚くほど日焼けした男の人とやってきた。

「レイヴン、会えてうれしいよ」その人は言った。

「ひさしぶりだね。大きくなったな。その口紅がなければ、きみだとわからないよ。ぼくを覚えてる？」

忘れるはずがない！　屋敷に初めて忍《しの》びこんだ日のこと、地下室の窓、赤いキャップ。新しい町で仲間を作ろうとがんばっていたハンサムボーイがくれた、あたたかなキス。

「ジャック・パターソン！　もちろん覚えてる。あなたのほうこそ覚えててくれたなんてウソみたい」

「きみを忘れたことなんてないさ！」

「ふたりはどうやって知り合ったんだい？」

パパがたずねた。

「学校で」ジャックが目をきらりと光らせて答えた。そしてあたしに小声で話しかけた。

「うわさによれば、あの屋敷に表玄関《げんかん》から出入りしてるそうだね」

「まあ、そうだったんだけど……」

「ジャックは最近町にもどったそうだ。お父さんのデパートを継《つ》ぐらしい」

「そうなんだ。こんど寄ってよ」ジャックは言った。「安くするからさ」

「ミリタリーブーツや黒いコスメは売ってる？」

ジャックは吹《ふ》き出《だ》した。「やっぱり変わってないや！」

それからマットのほうを向いて、ジャックがたずねた。

「もう出られるか、マット？」

「マットを知ってるの？」びっくりして、思わず聞いた。

「いとこなんだよ。これからマットの友達にも会う約束になってるんだ」

21 闇《やみ》と光

土曜の夜、あたしは〈ザ・キュアー〉のTシャツとボクサーパンツで、『魔人《まじん》ドラキュラ』をスロー再生で見ていた。ベラ・ルゴシが眠《ねむ》っているヘレン・チャンドラーの上に前かがみになる場面で、一時停止した。黒いレザーのソファでアレクサンダーにキスされた瞬《しゅん》間《かん》がよみがえる。あたしは狂《くる》おしく画面を見つめ、ティッシュを数枚むしり取った。

かわいそうな自分にひたりきっていたら、いきなり玄関《げんかん》チャイムが鳴った。

「だれか出て！」

そうどなった次の瞬間《しゅんかん》、ママたちはみんなで映画に行ったことを思い出した。

のぞき穴からのぞくと、豆粒《まめつぶ》みたいなベッキーが階段に立っていた。

「なんの用？」あたしはドアを開けて聞いた。

「着がえて！」

「あやまりにきたんじゃないの？」

「ごめん。でもいまはあたしを信じて！　屋敷《やしき》に行くのよ、いますぐ！」

「帰って！」

「レイヴン、時間がない！」

「なんだっていうのよ？」

「お願いだから、レイヴン、急いで！」

あたしは2階へかけあがって、黒いTシャツとブラックジーンズにあわてて着がえた。

階段をかけおりると、ベッキーが腕《うで》をつかんで、玄関の外へ引っぱり出した。

お父さんの車に乗りこむと、あたしはベッキーを質問攻《ぜ》めにしたけど、口をかたく閉ざしたままひとことも答えようとしなかった。

屋敷が落書きに埋《う》めつくされ、ガラスが粉々に割られているさまを想像した。血まみれのアレクサンダーが、トレヴァーとサッカー団相手にベンソン・ヒルの頂上で決闘《けっとう》しているさまを。そしてもうひとつ頭に浮《う》かんだおそろしい図は、静まりかえった屋敷だった。〝売り家〟の看板が庭に立ち、屋根裏部屋の窓には黒いカーテンさえもう見あたらない。

ベッキーは屋敷の前まで行かずに、1ブロック手前で車をとめた。

「なんなのよ?」あたしは聞いた。「なんでもっと近くにとめないの?」

でも外へ出ると、屋敷に通じる上り坂に、めずらしく車が数台とまっているのが見えた。遠くにふたりの女の人の姿が見えた。葬式《そうしき》にでも行くように、全身を黒で包んでいる。しかし屋敷へ向かって足ばやに歩くふたりの手には、炎《ほのお》のついたトーチが握《にぎ》られていた。

目の前が真っ暗になった。

「そんなのダメ!」思わず叫《さけ》んだ。

さらに悪いことに、トーチを持った黒装束《くろしょうぞく》の男の人まで見えた。あたしは取り乱した。身体の全機能がマヒした。『フランケンシュタイン』のエンディングとぴったり重なる光景だ。町の人びとが結集して城を焼《や》き払《はら》い、あわれな主人公を追い出す映画の結末。ちがいは、この屋敷に向かう人の数が少ないことくらいだ。こんな展開、信じられない。鼻にはすでに煙《けむり》のにおいさえとどいている。

「ダメ！　やめて！」

願いもむなしく、男の人は角を曲がり、門へと向かっていった。

最悪の事態を想像していたあたしは、自分の目に飛びこんだ景色《けしき》に面食らった。町の住人が屋敷の庭に小さな人だかりを作っている。保守的なダルスヴィルの町民たちがヴァンパイアみたいな黒ずくめのファッション？　みんながあまりにも黒すぎて、あたしは自分がサングラスをかけているのかと思った。でもベッキーがニコニコしながらその光景が本物だと教えてくれた。いつもはひっそりとした屋敷の周囲に活気が満ちている。しかも全員飲み物を片手に、陽気に笑ってはしゃいでる！

わけがわからなかった。この集まりはパーティーらしい。でもそんなことがあるはずない。またれかのキツい悪ふざけ？　その瞬間、開いた門の上にかかげられた横断幕が目に入った。《ご近所へようこそ》――その言葉がすべてを明らかにしてくれた。

「たとえ遅《おそ》くても、やらないよりはマシでしょ」ベッキーが言った。

WE
OME

門には赤いリボン。芝生《しばふ》に置かれたたいまつの火が、丘《おか》全体を照らしている。

「ねえ、彼女《かのじょ》、無視しないでよ！」

ベッキーといっしょに庭に進むと、声がかかった。

振《ふ》り向《む》くと、そこにはなんとルビーがいた！　ピタピタの黒いエナメルのミニドレスに、かかとの高い細身の黒いエナメルのニーハイブーツでキメている。

「このファッションのおかげで、早くもデートを申しこまれたわ、レイヴン。信じないだろうけど――あの執事《しつじ》さんからよ！」

ルビーは夢見る少女みたいな笑顔《えがお》を作って、コンパクトをのぞき、黒く染めた髪《かみ》のふくらみを直した。

「彼《かれ》、ちょっと年だけど、なかなかキュートよね！」

ルビーは、パリのファッションショーから抜け出たようにおしゃれだった。白いプードルまで、スタッズのついた黒い首輪と黒いセーターで着飾《きかざ》っている。

「あたしがだれかわかる？」

次は、黒いミニとミリタリーブーツに身を包んだジャニスだった。

「この色、あたしに似あうと思わない？」

黒いマニキュアをした爪《つめ》をかざす。

「黒系ならどんな色でも！」あたしは答えた。

「スノーボールには来ちゃダメって止めたかったんだけど」

私道を歩きはじめると、ベッキーがさっそく切り出した。

「でもトレヴァーにおどされたの。レイヴン……許してくれる？」

「あたしこそ頭がいっぱいで、ベッキーの警告に耳をかたむけなかったの。それにいまはこうしてそばにいてくれてるじゃない」

ベッキーの手を取った。

「ベッキーがトレヴァーの呪縛《じゅばく》から自由になってうれしいよ」

ふたりでパーティーのつづく丘をのぼっていくと、黒いタートルネックとジーンズを着たジャック・パターソンに会った。

「あのときからずっときみに恩返しする機会を待ってたんだ」とジャックは打ち明けた。

「パーティーグッズをそろえたのはぼくだよ。店には何ひとつ黒い商品は残ってない！」

あたしはあのときほおにもらったすてきなキスを、こんどはジャックに返した。

「最高よ！　信じられない！」

「みんなで黒を着ることにしたのは、ぼくのアイデアじゃないんだ」

ジャックはそう言って、ワークブーツに黒いTシャツ、黒い髪をオールバックにした男の子を指さした。

「よお、レイヴン！」マットだった。

「来ないかと心配したぜ。ぼくらがベッキーを迎《むか》えにいかせたんだ。きみがいなくちゃ、アレクサンダーの歓迎《かんげい》パーティーにはならないからね」

あたしの瞳《ひとみ》はぱっと輝《かがや》いた。

「アレクサンダーはきみが来るのか来ないのか、そればっか気にしてた」

あたしは答える余裕《よゆう》もなく、夢中であたりを探した。アレクサンダーはどこにいるの？

「屋敷に行けば会えると思うよ」マットがさりげなく教えてくれた。

「あなたがここまでしてくれたなんて、信じられない！」

再びアレクサンダーに会えると思うと、いても立ってもいられない。マットをルビー式に思いきりハグした。マットは驚《おどろ》いた顔をしてたけど、あたし自身もびっくりしてた。

「早く行ったほうがいいよ。日がのぼる前に」マットは言った。

あたしはまだ顔を見ていないひとりの人物を思い出して、足を止めた。

「あいつって、物陰《ものかげ》に隠《かく》れてるようなタイプじゃないよね？」

「トレヴァー？　招待してないよ」

「ありがとう、マット。ほんとにありがとう！」

あたしは親指を立てて見せた。

「きみのおかげだよ。いつもとちがうことをしてみるのも、いい経験になったよ」

ベッキーがあたしの腕を取って、屋敷へと向かわせた。玄関の前にはお菓子《かし》がいっぱいのったテーブルが置かれていた。ジュースにソーダ、チョコ、グミ、キャンディ。ふたりでテレビを見た夜、アレクサンダーが用意してくれたものと全部同じだ。

「ウソでしょ！」あたしは悲鳴をあげて、ベッキーをにらんだ。

「あたしってチョコの種類まで、ベッキーにしゃべったっけ？」

同じお菓子がならんだからくりがわかった。

「あたしだけの秘密にしておいたら、お菓子のないパーティーになってたもの」

ベッキーは言いわけした。怒《おこ》られると身構えてる。でもあたしはにっこり笑った。

「記憶力《きおくりょく》のいい友達がいてよかったよ。それにしても、このパーティーの提案者はいったいだれ？」

あたしの疑問に、ベッキーは玄関前の階段へ視線を送った。

おしゃれなカップルがアツアツモードで手をつないで立っている姿が目に飛びこんだ。

「来たぞ」

ファッショナブルな男の人がそう言うのが聞こえた。

ママとパパ！　ママは黒いベルボトムのパンツに黒い厚底サンダル。光沢《こうたく》のある黒いシャツの胸元に、一連の赤いビーズのネックレスを飾っている。パパは黒ぶちのジョン・レノン風のめがねをかけて、黒いリーバイスにおなかを押《お》しこんでいた。黒いシルクのシャツはボタンを半分も開けて、うんとはだけている。

「クスリでもやってるの？」

あたしは度胆《どぎも》をぬかれて、大声で聞いた。

「あら、ハニー」ママは言った。

「あなたをベッドから引きずり出すには作戦が必要だったのよ」

パパが笑うと、ドラキュラに扮《ふん》したふたりの少年が風のように現れた。ひとりがマントを両手で広げ、空を飛ぶようにあたしのほうへ向かってきた。

「おまえの血を吸いにきたぞ！」ビリーだった。

「なんてかわいいの！　こんなにキュートなヴァンパイア、見たことない」

「ほんとに？　だったら月曜からこのかっこうで学校へ行こうっと」

ビリーはウィンクして、飛び去った。

ジェームソンが黒いコートをかかえて、屋敷から出てきた。

「あなたのスポーツコートです、マディソンさん」

そう言って、パパに服をわたした。

「坊《ぼっ》ちゃまがなかなか手ばなそうとしなかったのです。お嬢《じょう》さんの香りが残っていると」

あたしは思いきりとまどった表情を浮かべてみせたけど、内心はとろけていた。

「お目にかかれてうれしいです、ミス・レイヴン」

あたしはアレクサンダーに会いたかった。彼の顔を、髪を、目を見たかった。

あたしの思いを見すかしたようにジェームソンが言った。

「中へお入りになりますか？」

屋敷へと足を踏《ふ》み入《い》れた。家の中はしんとしていた。屋根裏部屋からもれてくるロックのビートもない。歩くところにわずかなロウソクがともっているだけで、全体が暗い。リビング、ダイニング、キッチン、玄関ホールをチェックして、大階段をのぼった。

「アレクサンダー？」あたしは小声で呼んだ。「アレクサンダー？」

心臓がドキドキして、頭は爆発《ばくはつ》寸前だった。バスルーム、書斎《しょさい》、主寝室《しゅしんしつ》をのぞいた。

テレビ室から声が聞こえてきた。

レンフィールドが博士にドラキュラ伯爵《はくしゃく》について密告している。このシーンの最中で、アレクサンダーにキスされて、あたしは気絶したんだった。

「アレクサンダー？」

赤いカーペットが色あせた階段が目に入った。屋根裏部屋へとつづいてる。きしむ階段をのぼると、その先のドアは閉まっていた。彼のドア、彼の部屋だ。けっして見せてくれなかった部屋。あたしは静かにドアをノックした。

返事がない。

「アレクサンダー？」

あたしは再びノックした。「あたしよ、レイヴンよ。アレクサンダー？」

このドアの向こうは彼の世界だ。あたしが見たことのない世界。その世界には、彼にまつわるすべての謎《なぞ》に対する答えがある——昼間は何をしてすごしているのか、夜は何をしてすごしているのか。ノブをまわすと、ドアがほんの少しだけ開いた。鍵《かぎ》はかかっていなかった。このまま押し開けられたら、どんなにいいだろう。でも考えた。こうしていつもトラブルが生まれる。忍《しの》びこむことによって。だからあたしは深呼吸して、自分の衝動《しょうどう》をおさえた。ドアを閉め、階段をかけおり、その先の大階段もおりた。開いている玄関のドアの前でふと立ち止まると、懐《なつ》かしい気配《けはい》を感じた。あたしは振り向いた。

彼が立っていた。その姿はまさに夜《ナイト》の騎士《ナイト》。まっすぐに見つめる瞳は濃《こ》く、深く、愛らしく、静かで、さびしく、愛情豊かで、知的で、夢見るようで、魂《たましい》に訴《うった》えかけてきた。

「あなたを傷つける気はなかったの」

あたしは思わず口走った。

「トレヴァーが言ったような女じゃない。好きなの。ありのままのあなたが！」

アレクサンダーはだまっていた。

「あたしったら、はしゃいじゃったの。あなたはダルスヴィルで起きた史上最大のニュースだったから。ガキだって思われても仕方ない」

アレクサンダーはあいかわらず何も言わない。

「何か言って。あたしって、まるで小学3年生だって。嫌《きら》いだって」

「ぼくらはちがってなんかいない。似たもの同士さ。知ってるよ」

「そうなの？」

驚いて聞き返した。

「おばあさまが言ってた」

「おばあさまが話しかけてくるの？」

あたしは思わず身ぶるいした。

「まさか、とっくに死んでるよ。イヤだなあ！　花を見たのさ」

彼が手をのばしてきた。

「見せたいものがあるんだ」

謎をかけるように、彼は言った。

「あなたの部屋？」

あたしはさし出された手を握った。

「そうさ。部屋であるものを見せたい。やっと準備ができたんだ」

〝準備〟？　想像がふくらんだ。アレクサンダーは部屋に何を用意してるんだろう？

彼は先に立って大階段と屋根裏部屋につづく階段をのぼっていった。

「秘密を打ち明けてもいいころだと思って」

アレクサンダーはドアを開けながら言った。

「全部はダメでも一部だったら」

部屋の中は、小さな窓から月明かりが入るだけで暗かった。使いこまれた安楽《あんらく》いす。ツインサイズのマットレスが床《ゆか》にじかに置かれていた。黒いかけぶとんの下から栗色《くりいろ》のシーツがのぞいている。いかにも10代の男の子らしいベッド。棺《ひつぎ》ではない。絵が飾ってあるのに気づいた。ビッグ・ベンの絵では、文字盤《もじばん》の前をコウモリが飛んでいる。丘の上に建つ城。さか立ちしたエッフェル塔《とう》。ゴシック調の服装をした老夫婦が大きな赤いハートにかこまれている、暗い色調の絵もあった。彼のおばあさまがほほえみながら自分の墓を見下ろしている墓地の絵。この屋根裏部屋の窓から、あちこちでお菓子をもらう子どもを描《か》いたハロウィーンの絵もあった。

「ぼくの暗黒時代の作品だよ」

アレクサンダーはおどけて言った。

「傑作《けっさく》だわ」

あたしは前に進み出て、さらに絵に近づいた。

部屋は絵の具のしみだらけで、床に飛び散った跡《あと》まであった。

「すごい才能！」

「気に入ってもらえるか自信なかったんだ」

「ウソみたいにすばらしいわ！」

すみに置かれたイーゼルにのったカンバスには、布がかかっていた。

あたしはカンバスの前で一瞬《いっしゅん》立ち止まり、布の下からどんな絵が出てくるのか想像してみた。めずらしくイメージが浮《う》かばず、あたしはあきらめて、布の端《はし》を持ってそろそろとはずしはじめた。地下室で鏡が出てきたときのように。

現れた絵を見て、あたしはぼう然とした。

描《えが》かれていたのはあたし自身だった。スノーボールに出かけたときの服。胸には赤いバラのコサージュが飾られている。けれど腕にはカボチャ型のバスケットをさげて、その手にスニッカーズを握っていた。もう片方の手にはクモの指輪をしている。頭の上では星がきらめき、雪もうっすら降っている。にやりと笑った口もとには、作りもののヴァンパイアの牙《きば》が光っていた。

「あたしにそっくり！　あなたが芸術家だったなんて、想像もしてなかった！　地下室で絵を描いてるのは知ってたし、道端でペンキを見つけたけど……考えたこともなかった」

「あれはきみだったの？」

アレクサンダーは遠い目をして聞いた。

「なんで道路の真ん中に立ってたりしたの？」

「このおばあさまのお墓の絵を描きたくて、墓地に行くところだったんだ」

「ふつうの人はチューブ入りの小さな絵の具を使わない？」

「ぼくは自分で調合するんだ」

「考えもしなかったわ。これで全部、筋が通った」

「気に入ってもらえてうれしいよ」彼はほっとした声で言った。「またゴシップのネタになる前に、パーティーにもどったほうがよさそうだね」

「そのとおりよ。この町でうわさが広がるのはほんとに早いから」


「ヘンな気分じゃない？」

アレクサンダーがソーダを手わたしながら聞いた。黒ずくめの町の人たちとひとしきりおしゃべりしたあと、ふたりで芝生にもどってきていた。

「今夜みたいにのけ者にされてないのって」

「いまはせいぜい楽しむことよ。明日になったら、ふつうにもどってるわ」

パーティー客たちはにこやかに楽しんでいる。

でもあたしは私道を早足で近づいてくる人影《ひとかげ》を、遠くに見つけた。

「トレヴァーよ！」あたしは言って、息をのんだ。「ここに何しに来たの？」

「そいつは怪物《かいぶつ》だ！」

トレヴァーはわめきながら、パーティーの輪に歩み寄った。「家族全員そろってな」

「今夜は許さないわ！」あたしは言いはなった。

全員の目がトレヴァーに集中する。

「アレクサンダー、家にもどってて」

強い口調で言ったけど、アレクサンダーは動かなかった。

「墓場なんかうろついて、まともじゃねえ！」

トレヴァーはあたしの大事なゴシックの友を指さした。

「こいつが来る前は、町にコウモリなんかいなかった！」わめきつづける。

「あんたが来る前は、だれも負け犬にならなくてすんだのよ！」あたしは言い返した。

「レイヴン、落ちつけ」

パパが厳しい声でいさめた。

「いいかげんにしろ！」

マットが前へ飛び出した。すぐ後ろにはジャック・パターソンが控《ひか》えている。

「これを見ろ！　襲撃《しゅうげき》された！」

トレヴァーはがなって、首のひっかき傷を指さした。

「コウモリに襲《おそ》われたんだ！」

「もうやめとけよ、トレヴァー」マットがうんざりして言った。

「ここに来る途中《とちゅう》にやられた。おまえんちに電話したら、〝幽霊《ゆうれい》屋敷のパーティーに行った〟って。いったいどういうことだよ！　おれとつるむのが当然だろ？」

「おまえが自分でまいた種だ」マットが答える。

「おまえを車に乗っけて町を流して、バカなうわさをばらまくのを手伝うのに飽《あ》きあきしたんだ。おれのことはもうじゅうぶん利用しつくしただろ、トレヴ」

「でもおれは正しかった！　こいつらはヴァンパイアだ！」

トレヴァーはわめいた。

「おまえを招待しなかったおれも正しかった」マットは言った。

「てめえら正気じゃねえ。バケモノとパーティーだなんて！」

トレヴァーは全員にガンを飛ばし、すごんだ。

「お父さんに電話をかけようか？」

ついにパパがそう言って、トレヴァーの肩《かた》に手をかけた。

トレヴァーの怒りはまだくすぶっていたけど、いきおいを失ってきていた。彼の冗談《じょうだん》を真に受け、味方して、決勝ゴールをきめるとほめそやす人間は、ここにはいない。人気があるという理由だけでサッカー坊《ぼっ》ちゃんとデートしたり、つきあったりしたいと思うかわい子ブリッコもいない。トレヴァーに残された道は、退場することだけなのだ。

「いまに見てろ。この町は、おれのおやじのものなんだ！」

トレヴァーはそう口走り、走り去っていった。それが精いっぱいの捨てぜりふだった。

「かならず氷で冷やすのよ！」

ママがフローレンス・ナイチンゲールみたいなアドバイスを送った。

「あいつに必要なのは氷より鎮静剤《ちんせいざい》の注射よ、ママ」

全員が見守るなかトレヴァーは門まで走り、ついに姿を消した。

「ミュージック電報をとどけてくれるよう手配したんだが、手ちがいがあったようだね」

パパがジョークを言って、みんなほっとした気持ちで笑った。

アレクサンダーとあたしは寄りそって抱きあった。子どもたちはまた走りまわってヴァンパイアごっこをはじめた。


アレクサンダーが集まったご近所さんにあいさつをして、パーティーは終わった。ベッキーがお菓子のテーブルを片づけるあたしに近づいてきた。

「ごめんね」ベッキーは言った。

「残りの一生、ずっとあやまりつづけるつもり?」

ルビー式にぎゅっと抱きしめた。

「また明日ね」ベッキーは疲《つか》れた目をしていた。

「ご両親はもう帰ったんじゃない？」

「ふたりは畑があるから。絶対早寝《はやね》早起き」

「だったら、だれの車に乗ってくの？」

あたしはちょっと驚いて聞いた。

「マット」

「マット!?」

ベッキーは、もろに〝恋しちゃった！〟という顔でにっこり笑った。

「見た目ほど、スカした人じゃないの」

「知ってるわ。そう思ってたのはだれよ？」

「トラクターに乗ったことがないんだって」ベッキーは言った。

「いつもそう言って、女の子をくどくのかな？」

「ちがうよ、ベッキー、マットは本気なんだよ」

「来いよ、ベッキー」

マットがトレヴァーを呼んでいた調子で声をかける。

「すぐ行くから待ってて」あたしは言った。


ジェームソンを手伝って最後のゴミを片づけていると、アレクサンダーが階段をおりてきた。マントをはおり、髪をなでつけ、作りもののヴァンパイアの牙をつけている。

「あたしの夢のヴァンパイア」あたしは正直な感想を伝えた。

アレクサンダーは廊下であたしを抱き寄せた。

「さっきはぼくをピンチから救おうとしてくれたね」彼は言った。

「永遠に感謝を忘れないよ」

「永遠ね」

あたしはにやりと笑ってくり返した。

首を甘噛《あまが》みされると、思わず笑いがもれた。

「帰りたくないな」子どもみたいにグズった。

「でもベッキーが待ってるの。明日の夜、また会える？」あたしはたずねる。

アレクサンダーはあたしを玄関まで送って、ふざけて首筋に噛みついた。

あたしは笑って、彼の口から作りものの牙をひっこ抜いてやろうとした。

「痛い！」アレクサンダーが悲鳴をあげた。

「そんなに強い接着剤《せっちゃくざい》を使ってるとは思わなかったんだもの！」

「レイヴン、これでもヴァンパイアの存在を信じないんだね？」アレクサンダーが聞いた。

「あなたのおかげで目がさめたんだと思うけど」あたしは答えた。

「でも黒いリップをやめる気はないわ」

彼は長々と、天国みたいなおやすみのキスをくれた。

外を見ると、玄関前の階段にルビーのイニシャル入りのコンパクトが落ちていた。あたしは拾ってふたを開け、リップを直した。鏡に、屋敷の開いたドアが映った。

「いい夢を見るんだよ」アレクサンダーの声がする。

でもその姿は鏡には映っていない。

あたしは振《ふ》り返《かえ》った。アレクサンダーはまぎれもなく玄関に立っている。

しかしもう一度鏡をのぞくと、彼の姿はない！

再び振り返ると、目に飛びこんだのはこちらを見つめるヘビのドアノッカーだった。

あたしは死にものぐるいで打ち鳴らした。

「アレクサンダー！　アレクサンダー！」

信じられない思いで、ドアからあとずさった。屋根裏部屋の窓を見上げると、明かりがついた。

「アレクサンダー！」あたしは呼んだ。

ひだになったカーテンの後ろから、彼が顔を出した。あたしのゴシック少年、ゴシックの友、ゴシックのプリンスが。夜《ナイト》の騎士《ナイト》が。見おろす瞳が、愛《いと》しくてたまらないと語っている。窓に押しつけられた手のひら。あたしはじっと立っていた。屋敷へ足を踏みだした瞬間、アレクサンダーはカーテンから離《はな》れ、部屋の明かりは消えた。

22 越《こ》えられない一線

子どものころの夢が現実になった。なのにそれがこんなにひどい悪夢だなんて。

あたしが恋した男の子はほんとにヴァンパイアなの？

この展開に対するあたしの反応は、ずっと想像してきたのとはちがった。信じられない思いで、マットの車の窓の外を見つづけていた。ベッキーはマットとはしゃいでいた。

家に帰ると、鍵《かぎ》をかけて部屋に閉じこもった。答えを探してヴァンパイアの本を読みあさったけど、手がかりは何もなかった。彼《かれ》がなんであろうと愛していると告白する練習をした。秘密は絶対にもらさない、と。でもあたしには、すべてを捨てる覚悟《かくご》はあるのだろうか？　彼の世界の住人として生まれ変わる覚悟が？　両親を捨てられる？　ベッキーを捨てられる？　ビリーだって。あたしは全身鏡に映る自分の姿を見つめつづけた。

翌日は墓地ですごした。男爵《だんしゃく》夫人の墓の前を行ったり来たりした。太陽が木立《こだ》ちの後ろに沈《しず》むと、屋敷《やしき》へ飛んでいった。

丘《おか》をのぼると、門の鍵がかかっていた。柵《さく》によじのぼって見る屋敷は、いつもよりいっそう気味が悪く、ひっそりとしているようだ。メルセデスは見あたらず、明かりもついていない。あたしは呼《よ》び鈴《りん》を何度も何度も鳴らした。ヘビのドアノッカーを打ち鳴らした。返事はない。リビングの窓から中をのぞいた。家具に白い布がかかっている。裏へ走って、地下室の窓に鼻を押《お》しつけた。息が止まった。土が入った木箱までなくなっている！

目の前が真っ暗になった。呼吸が浅くなる。

以前、忍《しの》びこんだとき窓を押さえていたレンガブロックが、いまははずされていた。手を伸《の》ばして引きよせると、あたしの名前が大きな文字で書かれた封筒《ふうとう》が落ちた。

玄関《げんかん》へ走って、手紙を明かりにかざした。

中から出てきたのは1枚の黒いカード。赤い血の色をした文字で書かれた言葉は、シンプルだった。

《愛しているから》

指で文字をなぞり、カードを抱《だ》きしめた。涙《なみだ》がほおをつたう。屋敷のほうを向いたまま、門までよろよろとあとずさりした。

あたしの心臓に杭《くい》が打ちこまれた。

鳥がさえずる声に顔を上げると、1羽がおりてきて、鉄の門に止まった。

コウモリだった。

コウモリは翼《つばさ》を広げたまま、あたしをじっと見おろすように動かなかった。石を敷《し》きつめた道に、くっきりと影《かげ》が浮《う》かび上《あ》がる。あたしたちの呼吸はぴったりと合っていた。コウモリは目が見えない。でもこのコウモリはあたしの心の奥《おく》まで見通している気がする。

ゆっくりと手を伸《の》ばして言った。

「アレクサンダーなの？」

そしてコウモリは飛び去っていった。


〈つづく〉

ヴァンパイアのキス 1
転校生は吸血鬼

2009年6月23日初版第1刷　発行

エレン・シュライバー／著
髙橋《たかはし》 結花《ゆか》／翻訳
カズアキ／イラスト

発行者　安倍晶子

発行所　株式会社メディアファクトリー

〒104-0061　東京都中央区銀座 8-4-17
お問い合わせ窓口　0570-002-001
編集部　03-5469-4740

印刷・製本所　サンケイ総合印刷株式会社

ISBN 978-4-8401-2811-7　C0097

装丁　森本　茜

本文デザイン　HONA GRAPHICS

DTP　木蔭屋

編集　林　由香（メディアファクトリー）